たのしい
講得眉飛色舞
旅遊日語

田中陽子 ◎著

內附 MP3

那天在餐廳聽隔壁桌說去日本遇到：

★ 一路帶我去搭車的老奶奶，被感動得窮謝！
★ 不太會日語，也多少聽懂京都方丈講解佛義，一整晚暖心！
★ 「比阿嬤還好」的餐廳，感動得心都開出花朵來！
★ 計程車門是自動的，廁所有音姬遮蓋聲音，一路被感動灌溉。
★ 日本人說話溫和有禮，女性舉手投足典雅優美，都被感染了。

還在餐廳聽隔壁桌，去日本旅遊，講得眉飛色舞，自己乾羨慕嗎？
⊙ 出發吧！不用再怕日文行不行！
⊙ 就是不會日語，才要去日本玩！

有了這些單字跟短句，你也可以自助旅行！
本書不用太難的日語，短短幾個字就能完整表達！
你也可以說得眉飛色舞，讓大家不時拍掌流口水。
本書將讓你以有限的日語，換回無限的回味。

● 本書特色

場景豐富，看過馬上用！

《講得眉飛色舞旅遊日語》為你設身處地設計了70個以上旅遊時的場景，包含了衣食住行、交友聊天、吃喝玩樂及各種緊急狀況等場面應有盡有，場景豐富，話題滔滔不絕。

看彩圖就能記得住單字！

邊玩邊看彩圖，左右腦並用，快樂記單字！《講得眉飛色舞旅遊日語》精心挑出旅遊中最常用的單字，並加入鮮明、逼真的單字全彩照片，還有日本風味十足的場景彩繪插畫，讓您如身歷充滿風情的老日本的傳統美之境，這樣在多重刺激下，記單字就是快。

開口就聊個不停！

書中不用太難的文法，精心編寫短短幾個字就能完整表達的短句，好句滿載。還用心嚴選旅遊簡單實用基本句型，可以替換不同的場景單字，來幫句子畫龍點睛，完美串聯。這樣學會基本句型就能說得流利，應用在各種場合，跟日本人聊個不停。不僅如此，單字、會話句都標上羅馬拼音，不會日語也OK啦。

從頭讀到尾！

《講得眉飛色舞旅遊日語》字體清晰、版面易讀！讓你隨便翻到哪一頁，都能立刻進入學習狀況！

聽過就能說出來！

《講得眉飛色舞旅遊日語》的隨書朗讀CD，由專業日籍錄音老師錄製，正統東京腔的發音，收錄全書情境句子及單字，咬字清楚，發音及語氣正確，讓你有人在日本的感覺，只要反覆聆聽，再習慣日本人的說話速度。到日本就可以憑你的聽力程度決勝負，挖寶去囉！

目錄

目錄

目錄

十五、我喜歡日本文化

十六、生病了！

十七、糟糕！怎麼辦！

本書的使用方式

沒有複雜的文法，只要套用一個句型，再替換自己喜歡的單字，就可以舉一反三，應用在各種場面，是本書編寫的目的。書中精挑日本人旅遊時，使用頻率最高的句型及單字，在句型及單字的相乘效果下，達到輕鬆、有趣的學習效果。

1.這裡沒有複雜的文法，只要套用一個句型，再替換不同的單字，就可以舉一反三，應用在看電影啦！買書啦！吃飯啦！購物等各種場面。

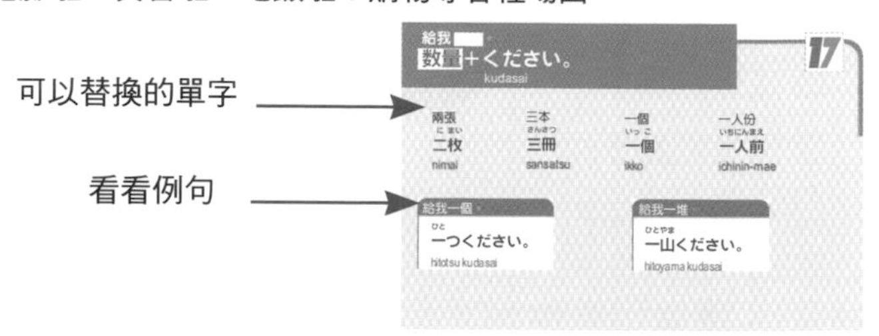

2.學過基本句型以後，接下來就可以靈活運用在旅遊上。這裡有跟自己及旅遊相關內容。在同一個句型，套用不同的單字，且你一句我一句舉一反三的學習下，達到說及聽的最高效果。

3. 這裡有適用各種場面的豐富句子，每個句子都是好用的旅遊句。讓您只要動動手腳，動動口就能輕鬆、快樂玩遍日本。

PART 1

日本人天天說的句型

是＿＿。

名詞＋です。
desu

MP3 1-01

林	山田	書	腳踏車
林	やまだ 山田	ほん 本	じてんしゃ 自転車
rin	yamada	hon	jitensha

我是田中。

たなか
田中です。
Tanaka desu

我是學生。

がくせい
学生です。
gakusee desu

是＿＿。

2

数量＋です。
desu

一千日圓	一個	一杯	兩支
せんえん 千円	ひと 一つ	いっぱい 一杯	にほん 二本
senen	hitotsu	ippai	nihon

500日圓。

ごひゃくえん
500円です。
gohyaku-en desu

20美金。

にじゅう
20ドルです。
nijuu-doru desu

＿＿＿。
形容詞＋です。
desu

3

冰冷
冷(つめ)たい
tsumetai

快樂
楽(たの)しい
tanoshii

快速
速(はや)い
hayai

好吃
おいしい
oishii

昂貴。
高(たか)いです。
takai desu

寒冷。
寒(さむ)いです。
samui desu

＿＿＿是＿＿＿。
名詞＋は＋名詞＋です。
wa desu

4

他／美國人
彼(かれ)／アメリカ人(じん)
kare amerika-jin

那是／大象
あれ／象(ぞう)
are zoo

姊姊／模特兒
姉(あね)／モデル
ane moderu

我是學生。
私(わたし)は学生(がくせい)です。
watashi wa gakusee desu

這是麵包。
これはパンです。
kore wa pan desu

 的 ＿＿＿ 。

名詞＋の＋名詞＋です。
no desu

MP3 1-02 **5**

妹妹／雨傘

いもうと かさ
妹／傘
imooto kasa

義大利／鞋子

くつ
イタリア／靴
itaria kutsu

法國／麵包

フランス／パン
furansu pan

我的包包。

わたし
私のかばんです。
watashi no kaban desu

日本車。

に ほん くるま
日本の車です。
nihon no kuruma desu

是 ＿＿＿ 嗎？

名詞＋ですか。
desuka

6

台灣人

たいわんじん
台湾人
taiwan-jin

美國人

じん
アメリカ人
amerika-jin

泰國人

じん
タイ人
tai-jin

義大利人

じん
イタリア人
itaria-jin

是日本人嗎？

に ほんじん
日本人ですか。
nihon-jin desuka

是哪一位？

どなたですか。
donata desuka

7

＿＿是＿＿嗎？

名詞＋は＋名詞＋ですか。

wa desuka

出口／那裡

でぐち
出口／あそこ

deguchi asoko

國籍／哪裡

くに
国／どこ

kuni doko

籍貫，畢業／哪裡

しゅっしん
ご出身／どちら

gshusshin dochira

廁所是那裡嗎？

トイレはあそこですか。

toire wa asoko desuka

車站是這裡嗎？

えき
駅はここですか。

eki wa koko desuka

8

＿＿嗎？

名詞＋は＋形容詞＋ですか。

wa desuka

這個／好吃

これ／おいしい

kore oishii

價錢／貴

ねだん たか
値段／高い

nedan takai

房間／整潔

へや
部屋／きれい

heya kiree

這裡痛嗎？

いた
ここは痛いですか。

koko wa itai desuka

車站遠嗎？

えき とお
駅は遠いですか。

eki wa tooi desuka

不是 ____。
名詞＋ではありません。
dewa arimasen

河川	派出所	公車	紅茶
川（かわ）	交番（こうばん）	バス	紅茶（こうちゃ）
kawa	kooban	basu	koocha

不是義大利人。
イタリア人（じん）ではありません。
itaria-jin dewa arimasen

不是字典。
辞書（じしょ）ではありません。
jisho dewa arimasen

10
____ 喔！
形容詞＋ですね。
desune

甜的	苦的	有趣的	方便
甘い（あま）	苦い（にが）	面白い（おもしろ）	便利（べんり）
amai	nigai	omoshiroi	benri

好熱喔！
暑（あつ）いですね。
atsui desune

好冷喔！
寒（さむ）いですね。
samui desune

＿＿＿喔！
形容詞＋名詞＋ですね。
desune

好／天氣	好吃／店	熱鬧的／地方
いい／天気(てんき)	おいしい／店(みせ)	にぎやかな／ところ
ii tenki	oishii mise	nigiyaka na tokoro

好漂亮的人喔！

きれいな人(ひと)ですね。

kiree na hito desune

好愉快的旅行喔！

楽(たの)しい旅行(りょこう)ですね。

tanoshii ryokoo desune

＿＿＿吧！
名詞＋でしょう。
deshoo

12

雨	雪	風	颱風
雨(あめ)	雪(ゆき)	風(かぜ)	台風(たいふう)
ame	yuki	kaze	taifuu

是晴天吧！

晴(は)れでしょう。

hare deshoo

是陰天吧！

曇(くも)りでしょう。

kumori deshoo

13

____。

名詞（を）＋ます。
o masu

MP3 1-04

音樂／聽	相片／照相	花／開
音楽（おんがく）を／聞（き）き	写真（しゃしん）を／撮（と）り	花（はな）が／咲（さ）き
ongaku o kiki	shashin o tori	hana ga saki

吃飯。

ご飯（はん）を食（た）べます。

go-han o tabemasu

抽煙。

タバコを吸（す）います。

tabako o suimasu

14

從____來。

名詞＋から来（き）ました。
kara kimasita

中國	英國	法國	印度
中国（ちゅうごく）	イギリス	フランス	インド
chuugoku	igirisu	furansu	indo

從台灣來。

台湾（たいわん）から来（き）ました。

taiwan kara kimashita

從美國來。

アメリカから来（き）ました。

amerika kara kimashita

＿＿吧！

名詞（を…）＋ましょう。 15

o mashyoo

唱歌

歌(うた)を歌(うた)い

uta o utai

打網球

テニスをし

tenisu o shi

去買東西

買(か)い物(もの)に行(い)き

kaimono ni iki

打電動玩具吧！

ゲームをしましょう。

geemu o shimashoo

看電影吧！

映画(えいが)を見(み)ましょう。

eega o mimashoo

給我＿＿。

名詞＋をください。 16

o kudasai

地圖

地図(ちず)

chizu

毛衣

セーター

seetaa

咖啡

コーヒー

koohii

壽司

寿司(すし)

sushi

請給我牛肉。

ビーフをください。

biifu o kudasai

給我這個。

これをください。

kore o kudasai

給我 ＿＿。
数量＋ください。
kudasai

MP3 1-05

兩張	三本	一個	一人份
二枚（にまい）	三冊（さんさつ）	一個（いっこ）	一人前（いちにんまえ）
nimai	sansatsu	ikko	ichinin-mae

給我一個。

一つ（ひと）ください。

hitotsu kudasai

給我一堆。

一山（ひとやま）ください。

hitoyama kudasai

18

給我 ＿＿。
名詞＋を＋数量＋ください。
o kudasai

啤酒／一杯	毛巾／兩條	生魚片／兩人份
ビール／一杯（いっぱい）	タオル／二枚（にまい）	刺身（さしみ）／二人前（ににんまえ）
biiru ippai	taoru nimai	sashimi ninin-mae

給我一個披薩。

ピザを一つ（ひと）ください。

piza o hitotsu kudasai

給我兩張車票。

切符（きっぷ）を二枚（にまい）ください。

kippu o nimai kudasai

給我＿＿。
動詞＋ください。
kudasai

19

等一下	開	給我看一下	說
待(ま)って	開(あ)けて	見(み)せて	言(い)って
matte	akete	misete	itte

拿給我看一下。

見(み)せてください。

misete kudasai

請告訴我。

教(おし)えてください。

oshiete kudasai

請＿＿。
名詞（を…）＋動詞＋ください。
o　kudasai

20

房間／打掃	向右／轉	用漢字／寫
部屋(へや)を／掃除(そうじ)して	右(みぎ)に／曲(ま)がって	漢字(かんじ)で／書(か)いて
heya o　soojishite	migi ni　magatte	kanji de　kaite

請換房間。

部屋(へや)を変(か)えてください。

heya o kaete kudasai

請叫警察。

警察(けいさつ)を呼(よ)んでください。

keesatsu o yonde kudasai

21

請＿＿＿。

形容詞＋動詞＋ください。
kudasai

MP3 1-06

短／縮短	便宜／賣	簡單／說明
短（みじか）く／つめて	安（やす）く／売（う）って	やさしく／説明（せつめい）して
mijikaku tsumete	yasuku utte	yasashiku setsumeeshite

趕快起床。

早（はや）く起（お）きてください。

hayaku okite kudasai

打掃乾淨。

きれいに掃除（そうじ）してください。

kiree ni sooji shite kudasai

22

請弄＿＿＿。

形容詞＋してください。
shite kudasai

亮	暖	短	乾淨
明（あか）るく	暖（あたた）かく	短（みじか）く	きれいに
akaruku	atatakaku	mijikaku	kiree ni

請算便宜一點。

安（やす）くしてください。

yasuku shite kudasai

請快一點。

早（はや）くしてください。

hayaku shite kudasai

23

多少錢？

名詞+いくらですか。

ikura desuka

唱片	耳環	太陽眼鏡	比基尼
レコード	イヤリング	サングラス	ビキニ
rekoodo	iyaringu	sangurasu	bikini

這個多少錢？

これいくらですか。

kore ikura desuka

大人需要多少錢？

大人（おとな）いくらですか。

otona ikura desuka

24

多少錢？

数量+いくらですか。

ikura desuka

一套	一台	一雙	一盒
一着（いっちゃく）	一台（いちだい）	一足（いっそく）	ワンパック
ittchaku	ichidai	issoku	wanpakku

一個多少錢？

一（ひと）ついくらですか。

hitotsu ikura desuka

一個小時多少錢？

一時間（いちじかん）いくらですか。

ichijikan ikura desuka

25

＿＿＿多少錢？

名詞＋数量＋いくらですか。

ikura desuka

MP3 1-07

鞋／一雙

くつ／一足（いっそく）

kutsu issoku

相機／一台

カメラ／一台（いちだい）

kamera ichidai

洋蔥／一把

ねぎ／一束（ひとたば）

negi hitotaba

這個一個多少錢？

これ、一（ひと）ついくらですか。

kore, hitotsu ikura desuka

生魚片一人份多少錢？

刺身（さしみ）、一人前（いちにんまえ）いくらですか。

sashimi, ichinin-mae ikura desuka

26

有＿＿＿嗎？

名詞＋はありますか。

wa arimasuka

健身房

ジム

jimu

保險箱

金庫（きんこ）

kinko

游泳池

プール

puuru

衛星節目

衛星放送（えいせいほうそう）

eesee hoosoo

有報紙嗎？

新聞（しんぶん）はありますか。

shinbun wa arimasuka

有位子嗎？

席（せき）はありますか。

seki wa arimasuka

27

有 ＿＿ 嗎？

場所＋はありますか。
wa arimasuka

電影院	公園	飯店	旅館
映画館（えいがかん）	公園（こうえん）	ホテル	旅館（りょかん）
eegakan	kooen	hoteru	ryokan

有郵局嗎？

郵便局（ゆうびんきょく）はありますか。
yuubinkyoku wa arimasuka

有大眾澡堂嗎？

銭湯（せんとう）はありますか。
sentoo wa arimasuka

28

有 ＿＿ 嗎？

形容詞＋名詞＋はありますか。
wa arimasuka

大／房間	便宜／旅館	黑色／高跟鞋
大（おお）きい／部屋（へや）	安（やす）い／旅館（りょかん）	黒（くろ）い／ハイヒール
ookii heya	yasui ryokan	kuroi haihiiru

有便宜的位子嗎？

安（やす）い席（せき）はありますか。
yasui seki wa arimasuka

有紅色的裙子嗎？

赤（あか）いスカートはありますか。
akai sukaato wa arimasuka

＿＿在哪裡？
場所＋はどこですか。
wa doko desuka

MP3 1-08

29

百貨公司	超市	棒球場	美容院
デパート	スーパー	野球場（やきゅうじょう）	美容院（びよういん）
depaato	suupaa	yakyuujoo	biyooin

廁所在哪裡？

トイレはどこですか。

toire wa doko desuka

便利商店在哪裡？

コンビニはどこですか。

konbini wa doko desuka

麻煩＿＿。
名詞＋をお願（ねが）いします。
o onegai shimasu

30

點菜	兌換外幣	到房服務	住宿登記
注文（ちゅうもん）	両替（りょうがえ）	ルームサービス	チェックイン
chuumon	ryoogae	ruumusaabisu	chekkuin

麻煩幫我搬行李。

荷物（にもつ）をお願（ねが）いします。

nimotsu o onegai shimasu

麻煩結帳。

お勘定（かんじょう）をお願（ねが）いします。

okanjoo o onegai shimasu

31

麻煩用 ＿＿ 。

名詞＋でお願（ねが）いします。

de onegai shimasu

海運	包裹	分開（算錢）	飯前
船便（ふなびん）	小包（こづつみ）	別々（べつべつ）	食前（しょくぜん）
funabin	kozutsumi	betsubetsu	shokuzen

麻煩我寄空運。

航空便（こうくうびん）でお願（ねが）いします。

kookuubin de onegai shimasu

麻煩我刷卡。

カードでお願（ねが）いします。

kaado de onegai shimasu

32

麻煩我到  。

場所＋までお願（ねが）いします。

made onegai shimasu

郵局	電影院	百貨公司	這裡
郵便局（ゆうびんきょく）	映画館（えいがかん）	デパート	ここ
yuubinkyoku	eegakan	depaato	koko

麻煩我到車站。

駅（えき）までお願（ねが）いします。

eki made onegai shimasu

麻煩我到飯店。

ホテルまでお願（ねが）いします。

hoteru made onegai shimasu

33

請給我＿＿。

名詞＋数量＋お願(ねが)いします。

onegai shimasu

MP3 1-09

套裝／一套
スーツ／一着(いっちゃく)
suutsu icchaku

相機／一台
カメラ／一台(いちだい)
kamera ichidai

襯衫／一件
シャツ／一枚(いちまい)
sushatsu ichimai

請給我成人票一張。
大人(おとな)一枚(いちまい)お願(ねが)いします。
otona ichimai onegai shimasu

請給我一瓶啤酒。
ビール一本(いっぽん)お願(ねが)いします。
biiru ippon onegai shimasu

34

＿＿如何？

名詞＋はどうですか。

wa doo desuka

夏威夷
ハワイ
hawai

壽司
寿司(すし)
sushi

黑輪
おでん
oden

星期天
日曜日(にちようび)
nichiyoobi

烤肉如何？
焼肉(やきにく)はどうですか。
yakiniku wa doo desuka

旅行怎麼樣？
旅行(りょこう)はどうですか。
ryokoo wa doo desuka

＿＿的＿＿如何？
時間＋の＋名詞＋はどうですか。

no　wa doo desuka

35

今天／天氣
今日(きょう)／天気(てんき)
kyoo　tenki

昨天／音樂會
昨日(きのう)／音楽会(おんがくかい)
kinoo　ongakukai

上個月／旅行
先月(せんげつ)／旅行(りょこう)
sengetsu　ryokoo

今年的運勢如何？
今年(ことし)の運勢(うんせい)はどうですか。
kotoshi no unsee wa doo desuka

昨天的考試如何？
昨日(きのう)の試験(しけん)はどうですか。
kinoo no shiken wa doo desuka

我要＿＿。
名詞＋がいいです。

ga ii desu

36

這個
これ
kore

西瓜
スイカ
suika

拉麵
ラーメン
raamen

果汁
ジュース
juusu

我要咖啡。
コーヒーがいいです。
koohii ga ii desu

我要天婦羅。
てんぷらがいいです。
tenpura ga ii desu

37

我要＿＿。

形容詞（の、なの）＋がいいです。

no nano ga ii desu

MP3 1-10

小的	藍的	短的	漂亮的
小（ちい）さいの	青（あお）いの	短（みじか）いの	きれいなの
chiisai no	aoi no	mijikai no	kiree na no

我要大的。

大（おお）きいのがいいです。

ookii noga ii desu

我要方便的。

便利（べんり）なのがいいです。

benri na noga ii desu

38

可以＿＿嗎？

動詞＋もいいですか。

mo ii desuka

吃	坐	摸	聽
食（た）べて	座（すわ）って	触（さわ）って	聞（き）いて
tabete	suwatte	sawatte	kiite

可以喝嗎？

飲（の）んでもいいですか。

nondemo ii desuka

可以試穿嗎？

試着（しちゃく）してもいいですか。

shichaku shitemo ii desuka

39

可以＿＿嗎？

名詞（を…）＋動詞＋もいいですか。

o　mo ii desuka

相／照	在這裡／寫	啤酒／喝
写真（しゃしん）を／撮（と）って	ここに／書（か）いて	ビールを／飲（の）んで
shashin o　totte	koko ni　kaite	biiru o　nonde

可以抽煙嗎？

タバコを吸（す）ってもいいですか。

tabako o suttemo ii desuka

這裡可以坐嗎？

ここに座（すわ）ってもいいですか。

koko ni suwattemo ii desuka

40

想＿＿。

動詞＋たいです。

tai desu

玩	走	游泳	買
遊（あそ）び	歩（ある）き	泳（およ）ぎ	買（か）い
asobi	aruki	oyogi	kai

想吃。

食（た）べたいです。

tabe tai desu

想聽。

聞（き）きたいです。

kiki tai desu

41

我想到 ___ 。

場所＋まで、行（い）きたいです。

made, iki tai desu

MP3 1-11

新宿	原宿	青山	池袋
新宿（しんじゅく）	原宿（はらじゅく）	青山（あおやま）	池袋（いけぶくろ）
shinjuku	harajuku	aoyama	ikebukuro

我想到澀谷。

渋谷駅（しぶやえき）まで行（い）きたいです。

shibuya-eki made ikitai desu

我想到成田機場。

成田空港（なりたくうこう）まで行（い）きたいです。

narita-kuukoo made ikitai desu

42

想 ___ 。

名詞＋を（に）＋動詞＋たいです。

o ni tai desu

煙火／看	演唱會／聽	料理／吃
花火（はなび）／見（み）	コンサート／行（い）き	料理（りょうり）／食（た）べ
hanabi mi	konsaato iki	ryoori tabe

我想泡溫泉。

温泉（おんせん）に入（はい）りたいです。

onsen ni hairi tai desu

我想預約房間。

部屋（へや）を予約（よやく）したいです。

heya o yoyaku shi tai desu

43

我在找＿＿。

名詞＋を探(さが)しています。
o saga shite imasu

褲子	球鞋	領帶	唱片
ズボン	スニーカー	ネクタイ	レコード
zubon	suniikaa	nekutai	rekoodo

我在找裙子。

スカートを探(さが)しています。
sukaato o sagashite imasu

我在找雨傘。

傘(かさ)を探(さが)しています。
kasa o sagashite imasu

44

我要＿＿。

名詞＋がほしいです。
ga hosii desu

錄音帶	錄影機	底片	收音機
テープ	ビデオカメラ	フィルム	ラジオ
teepu	bideokamera	fuirumu	rajio

我想要鞋子。

靴(くつ)がほしいです。
kutsu ga hoshii desu

我想要香水。

香水(こうすい)がほしいです。
koosui ga hoshii desu

45

很會＿＿。

名詞＋が上手(じょうず)です。

ga joozu desu

MP3 1-12

煮菜	籃球	英語	日語
料理(りょうり)	バスケットボール	英語(えいご)	日本語(にほんご)
ryoori	basukettobooru	eego	nihongo

很會唱歌。

歌(うた)が上手(じょうず)です。

uta ga joozu desu

很會打網球。

テニスが上手(じょうず)です。

tenisu ga joozu desu

46

太＿＿。

形容詞＋すぎます。

sugimasu

低	小	快	重
低(ひく)	小(ちい)さ	速(はや)	重(おも)
hiku	chiisa	haya	omo

太貴。

高(たか)すぎます。

taka sugimasu

太大。

大(おお)きすぎます。

ooki sugimasu

47

喜歡＿＿。

名詞＋が好(す)きです。

ga suki desu

網球	釣魚	兜風	爬山
テニス	つり	ドライブ	登山(とざん)
tenisu	tsuri	doraibu	tozan

喜歡漫畫。

漫画(まんが)が好(す)きです。

manga ga suki desu

喜歡電玩。

ゲームが好(す)きです。

geemu ga suki desu

48

對＿＿感興趣。

名詞＋に興味(きょうみ)があります。

ni kyoomi ga arimasu

歷史	經濟	電影	藝術
歴史(れきし)	経済(けいざい)	映画(えいが)	芸術(げいじゅつ)
rekishi	keezai	eega	geejutsu

對音樂有興趣。

音楽(おんがく)に興味(きょうみ)があります。

ongaku ni kyoomi ga arimasu

對漫畫有興趣。

漫画(まんが)に興味(きょうみ)があります。

manga ni kyoomi ga arimasu

49

在＿＿有＿＿。

場所＋で＋慶典＋があります。

de ga arimasu

MP3 1-13

青森／驅魔祭

青森（あおもり）／ねぶた祭（まつり）

aomori nebuta-matsuri

德島／阿波舞祭

徳島（とくしま）／阿波踊り（あわおど）

tokushima awa-odori

仙台／七夕祭

仙台（せんだい）／七夕祭（たなばたまつり）

sendai tanabata-matsuri

淺草有慶典。

浅草（あさくさ）でお祭（まつり）があります。

asakusa de o-matsuri ga arimasu

札幌有雪祭。

札幌（さっぽろ）で雪祭（ゆきまつり）があります。

sapporo de yuki-matsuri ga arimasu

50

＿＿痛。

身体＋が痛（いた）いです。

ga itai desu

肚子	腰	膝蓋	牙齒
おなか	腰（こし）	ひざ	歯（は）
onaka	koshi	hiza	ha

頭痛。

頭（あたま）が痛（いた）いです。

atama ga itai desu

腳痛。

足（あし）が痛（いた）いです。

ashi ga itai desu

＿＿丟了。
物品＋をなくしました。 51
o nakushimashima

票	信用卡	護照	外套
チケット	カード	パスポート	コート
chiketto	kaado	pasupooto	kooto

錢包丟了。

財布（さいふ）をなくしました。

saifu o nakushimashita

相機丟了。

カメラをなくしました。

kamera o nakushimashita

＿＿忘了放在＿＿。
場所＋に＋物品＋を忘（わす）れました。 52
ni　o wasuremashita

桌上／車票	浴室／手錶
テーブルの上（うえ）／切符（きっぷ）	バスルーム／腕時計（うでどけい）
teeburu no ue kippu	basu-ruumu ude-dokee

包包忘了放在巴士了。

バスにかばんを忘（わす）れました。

basu ni kabann o wasuremashita

鑰匙忘了放在房間了。

部屋（へや）に鍵（かぎ）を忘（わす）れました。

heya ni kagi o wasuremashita

＿＿被偷了。

物品 ＋を盗(ぬす)まれました。

o nusumaremashita

MP3 1-14

錢包	照相機	手錶	筆記電腦
財布(さいふ)	カメラ	腕時計(うでどけい)	ノートパソコン
saifu	kamera	ude-dokee	nooto-pasokon

包包被偷了。

かばんを盗(ぬす)まれました。

kaban o nusumaremashita

錢被偷了。

現金(げんきん)を盗(ぬす)まれました。

genkin o nusumaremashita

54

我想＿＿。

句子 ＋と思(おも)っています。

to omottte imasu

想當老師	想住在郊外	想到國外旅行
先生(せんせい)になりたい	郊外(こうがい)に住(す)みたい	海外旅行(かいがいりょこう)したい
sensee ni naritai	koogai ni sumitai	kaigai ryokoo shitai

我想去日本。

日本(にほん)に行(い)きたいと思(おも)っています。

nihon ni ikitai to omottte imasu

我認為那個人是犯人。

あの人(ひと)が犯人(はんにん)だと思(おも)っています。

ano hito ga hanninda to omotte imasu

PART 2

好用旅遊日語

1 你好

MP3 1-15

早安。

おはようございます。

ohayoo gozaimasu

你好。（白天）

こんにちは。

konnichiwa

你好。（晚上）

こんばんは。

konbanwa

晚安。（睡前）

おやすみなさい。

oyasuminasai

謝謝。

どうも。

doomo

2 再見

MP3 1-16

再見。

さようなら。

sayoonara

再見。

失礼（しつれい）します。

shitsuree shimasu

再見。

それでは。

soredewa

再見。

バイバイ。

baibai

再見。

じゃあね。

jaane

一路小心。

お気（き）をつけて。

oki o tsukete

3 回答

MP3 1-17

是。

はい。

hai

對，沒錯。

はい、そうです。

hai, soo desu

知道了。

わかりました。

wakarimashita

知道了。

かしこまりました。

kashikomarimashita

知道了。

しょうち
承知しました。

shoochi shimashita

這樣啊！

そうですか。

soodesuka

4 謝謝

MP3 1-18

謝謝您了。

ありがとうございました。

arigatoo gozaimashita

謝謝。

どうも。

doomo

不好意思。

すみません。

sumimasen

您真親切，謝謝。

しんせつ
ご親切にどうもありがとう。

go-shinsetsu ni doomo arigatoo

謝謝照顧。

せ わ
お世話になりました。

osewa ni narimashita

非常感謝了。

どうもすみません。

doomo sumimasen

5 不客氣啦 

不會。
いいえ。
iie

不客氣。
どういたしまして。
doo itashimashite

不要緊。
大丈夫（だいじょうぶ）ですよ。
daijoobu desuyo

我才抱歉。
こちらこそ。
kochira koso

不要在意。
気（き）にしないで。
ki ni shinaide

哪裡，別放在心上。
いいえ、かまいません。
iie, kamaimasen

6 真對不起 

MP3 1-20

對不起。
すみません。
sumimasen

失禮了。
失礼（しつれい）しました。
shitsuree shimashita

對不起。
ごめんなさい。
gomen nasai

抱歉。
申（もう）し訳（わけ）ありません。
mooshiwake arimasen

麻煩您很多。
ご迷惑（めいわく）をおかけしました。
go-meewaku o okakeshimashita

真對不起。
大変失礼（たいへんしつれい）しました。
taihen shitsuree shimashita

7 借問一下

MP3 1-21

不好意思。

すみません。

sumimasen

可以耽誤一下嗎？

ちょっといいですか。

chotto ii desuka

打擾一下。

ちょっとすみません。

chotto sumimasen

請問一下。

ちょっとうかがいますが。

chotto ukagaimasuga

有關旅行的事。

旅行(りょこう)のことですが…。

ryokoo no koto desuga

請問…。

あのう…。

anoo...

8 現在幾點了

MP3 1-22

現在幾點？

今(いま)は何時(なんじ)ですか。

ima wa nanji desuka

這是什麼？

これは何(なん)ですか。

kore wa nan desuka

這裡是哪裡？

ここはどこですか。

koko wa doko desuka

那是怎麼樣的書？

それはどんな本(ほん)ですか。

sore wa donna hon desuka

河川名叫什麼？

なんていう川(かわ)ですか。

nante iu kawa desuka

1 我姓李

1-23

我姓  。

姓氏＋です。
desu

田中
田中（たなか）
tanaka

史密斯
スミス
sumisu

李
李（り）
ri

阿力
あり
ari

敝姓　　。

＋と申（もう）します。
to mooshimasu

山田
山田（やまだ）
yamada

塔瓦
タワー
tawaa

金
キム
kimu

哈力
ハリー
harii

鈴木
鈴木（すずき）
suzuki

佐藤
佐藤（さとう）
satoo

木村
木村（きむら）
kimura

例句

你好，我姓楊。

はじめまして、楊（ヨウ）といいます。

hajimemashite. yoo to iimasu

我是木村，請多指教。

木村（きむら）です。よろしくお願（ねが）いします。

kimura desu.yoroshiku onegai shimasu

我才是，請多指教。

こちらこそ、よろしく。

kochirakoso. yoroshiku

您從哪裡來？

どこからいらっしゃいましたか。

doko kara irasshaimashitaka

幸會幸會！

お会（あ）いできてうれしいです。

oai-dekite ureshii desu

小小專欄

花語（一）
花言葉（はなことば）（一）

櫻花
桜（さくら）

優雅的美人
優（すぐ）れた美人（びじん）

牽牛花
朝顔（あさがお）

短暫的戀情
はかない恋（こい）

向日葵
ひまわり

眼中只有你
あなたを見（み）つめる

杜鵑花
ツツジ

熱情的愛
愛（あい）の情熱（じょうねつ）

2 我從台灣來的

1-24

我從＿＿＿來。

國名＋から来(き)ました。

kara kimashita

台灣

台湾(たいわん)

taiwan

中國

中國(ちゅうごく)

chuugoku

日本

日本(にほん)

nihon

韓國

韓国(かんこく)

kankoku

德國

ドイツ

doitsu

英國

イギリス

igirisu

美國

アメリカ

amerika

越南

ベトナム

betonamu

法國

フランス

furansu

泰國

タイ

tai

印度

インド

indo

荷蘭

オランダ

oranda

西班牙

スペイン

supein

例句

您是哪國人？

お国(くに)はどちらですか。

o-kuni wa dochira desuka

我是台灣人。

私(わたし)は台湾人(たいわんじん)です。

watashi wa taiwan-jin desu

我畢業於日本大學。

私(わたし)は日本(にほん) 大学(だいがく)出身(しゅっしん)です。

watashi wa nihon-daigaku shusshin desu

我從台北來的。

私(わたし)は、台北(タイペイ)から来(き)ました。

watashi wa taipee kara kimashita

你呢？

あなたは。

anata wa

我從美國來的。

私(わたし)はアメリカから来(き)ました。

watashi wa amerika kara kimashita

小小專欄

花語（二）
花言葉(はなことば)（二）

蒲公英
たんぽぽ

分離
別離(べつり)

玫瑰花
バラ

熱烈的戀情
熱烈(ねつれつ)な恋(こい)

繡球花
アジサイ

見異思遷
浮気(うわき)

鬱金香
チューリップ

宣告戀情
恋(こい)の宣言(せんげん)

3 我是粉領族

我是＿＿。

職業＋です。
desu

主婦
しゅふ
主婦
shufu

店員
てんいん
店員
tenin

粉領族
オーエル
OL
ooeru

模特兒
モデル
moderu

大學生
だいがくせい
大学生
daigakusee

醫生
いしゃ
医者
isha

護士
かんごし
看護士
kangoshi

上班族
かいしゃいん
会社員
kaishain

老師
せんせい
先生
sensee

學生
がくせい
学生
gakusee

記者
きしゃ
記者
kisha

作家
さっか
作家
sakka

司機
うんてんしゅ
運転手
untenshu

演員
はいゆう
俳優
haiyuu

工程師
エンジニア
enjinia

例句

您從事哪種行業？

お仕事(しごと)は何(なん)ですか。

o-shigoto wa nan desuka

我是日語老師。

日本語(にほんご)教師(きょうし)です。

nihongo kyooshi desu

我在貿易公司工作。

貿易会社(ぼうえきがいしゃ)で働(はたら)いています。

booeki-gaisha de hataraite imasu

大學老師。

大学(だいがく)の教師(きょうし)です。

daigaku no kyooshi desu

連續劇的製作人。

ドラマのプロデューサーです。

dorama no puroduusaa desu

在汽車公司上班。

車会社(くるまがいしゃ)に勤(つと)めています。

kuruma-gaisha ni tsutomete imasu

開花店。

花屋(はなや)をやっています。

hanaya o yatte imasu

小小專欄

煙火
花火(はなび)

暑間問候（的信）
暑中(しょちゅう)お見舞(みま)い

圓扇
うちわ

浴衣
浴衣(ゆかた)

慶典
祭(まつ)り

剉冰
カキ氷(ごおり)

1 這是我弟弟啦

MP3 1-26

這是＿＿。
これは＋名詞＋です。
kore wa desu

哥哥
あに
兄
ani

姊姊
あね
姉
ane

妹妹
いもうと
妹
imooto

弟弟
おとうと
弟
otooto

祖父
そ ふ
祖父
sofu

祖母
そ ぼ
祖母
sobo

父親
ちち
父
chichi

母親
はは
母
haha

我
わたし
私
watashi

伯伯、叔叔
お じ
叔父
oji

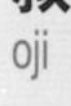

伯母、阿姨
お ば
叔母
oba

丈夫
おっと
夫
otto

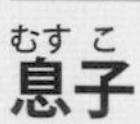

兒子
むす こ
息子
musuko

妻子
つま
妻
tsuma

女兒
むすめ
娘
musume

例句

這個人是誰？

この人(ひと)は誰(だれ)ですか？

kono hito wa dare desuka

我有一個弟弟。

弟(おとうと)が一人(ひとり)います。

otooto ga hitori imasu

弟弟比我小兩歲。

弟(おとうと)は私(わたし)より二歳下(にさいした)です。

otooto wa watashi yori nisai shita desu

我是獨子。

私(わたし)は一人(ひとり)っ子(こ)です。

watashi wa hitorikko desu

我有兩個兄弟(姊妹)。

兄弟(きょうだい)は二人(ふたり)います。

kyoodai wa futari imasu

這是我哥哥和姊姊。

これは、兄(あに)と姉(あね)です。

kore wa ani to ane desu

這是我父母。

父(ちち)と母(はは)です。

chichi to haha desu

這是我女兒。

これはうちの娘(むすめ)です。

kore wa uchi no musume desu

小小專欄

十二生肖

十二支（一）

鼠

ね

牛

うし

虎

とら

兔

う

龍

たつ

蛇

み

2 哥哥是賣車的 MP3 1-27

例句

哥哥是行銷員。

兄(あに)はセールスマンです。

ani wa seerusu-man desu

ABC汽車。

ABC自動車(じどうしゃ)です。

eebiishii jidoo-sha desu

當公司秘書。

会社(かいしゃ)で秘書(ひしょ)をしています。

kaisha de hisho o shite imasu

你哥哥在哪家公司上班？

お兄(にい)さんの会社(かいしゃ)はどちらですか。

onii-san no kaisha wa dochira desuka

你妹妹從事什麼工作？

妹(いもうと)さんのお仕事(しごと)は。

imooto-san no oshigoto wa

打零工的。

フリーターです。

furiitaa desu

小小專欄

十二生肖

十二支（二）

馬

うま

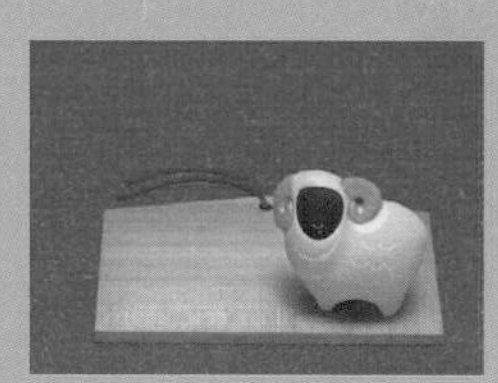

羊

ひつじ

猴

さる

雞

とり

狗

いぬ

豬

い

＿＿公司。

名詞＋の会社(かいしゃ)です。
no kaisha desu

汽車
車(くるま)
kuruma

鞋子
靴(くつ)
kutsu

食品
食品(しょくひん)
shokuhin

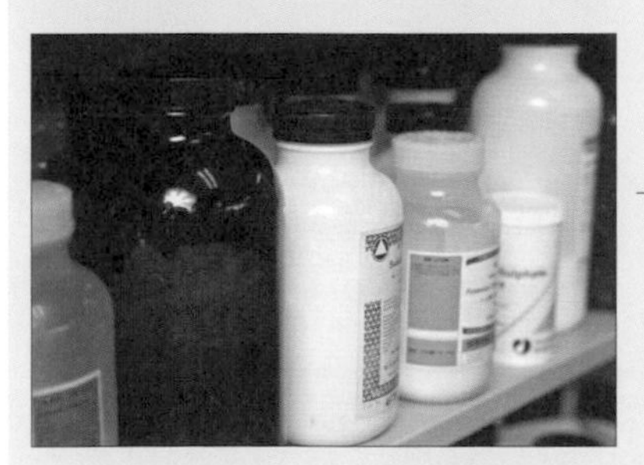

葡萄酒
ワイン
wain

製造機器
機械製造(きかいせいぞう)
kikai-seezoo

藥品
薬(くすり)
kusuri

旅行
旅行(りょこう)
ryokoo

通路（商品）
流通(りゅうつう)
ryuutsuu

電腦
コンピューター
konpyuutaa

電器機器
電気機器(でんききき)
denki-kiki

3 我姊姊人有點性急 MP3 1-28

我姊姊 ______ 。

姉(あね)は＋形容詞＋です。
ane wa desu

活潑
明(あか)るい
akarui

有一點性急
少(すこ)し短気(たんき)
sukoshi tanki

溫柔
やさしい
yasashii

頑固
頑固(がんこ)
ganko

可愛
かわいい
kawaii

好強
気(き)が強(つよ)い
ki ga tsuyoi

一絲不苟
几帳面(きちょうめん)
kichoomen

爽朗
陽気(ようき)
yooki

朝氣蓬勃
元気(げんき)
genki

風趣
おもしろい
omoshiroi

樂天, 慢條斯理
のんき
nonki

例句

姉姉不小氣。

あね
姉はけちではありません。

ane wa kechi dewa arimasen

姉姉朋友很多。

あね　とも　おお
姉は友だちが多いです。

ane wa tomodachi ga ooi desu

姉姉沒有男朋友。

あね　かれし
姉は彼氏がいません。

ane wa kareshi ga imasen

我姉姉喜歡看電影。

あね　えいが　す
姉は映画が好きです。

ane wa eega ga suki desu

我姉姉會喝酒。

あね　さけ　の
姉はお酒を飲みます。

ane wa o sake o nomimasu

我姉姉住在東京。

あね　とうきょう　す
姉は東京に住んでいます。

ane wa tookyoo ni sunde imasu

我姉姉一個人住。

あね　ひとりぐ
姉は一人暮らしです。

anew a hitori-gurashi desu

小小專欄

日本錢

にほん　かね
日本のお金だ！

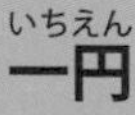

一日圓
いちえん
一円

五日圓
ごえん
五円

十日圓
じゅうえん
十円

五十日圓
ごじゅうえん
五十円

一百日圓
ひゃくえん
百円

五百日圓
ごひゃくえん
五百円

（夏目漱石）

一千日圓
せんえん
千円

（沖繩守禮門）

兩千日圓
にせんえん
二千円

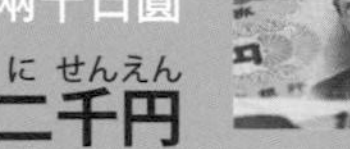

（新渡部稲造）

五千日圓
ごせんえん
五千円

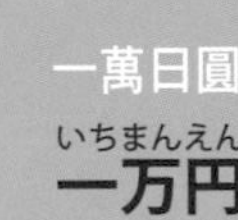

（福澤諭吉）

一萬日圓
いちまんえん
一万円

1 今天真熱

MP3 1-29

今天＿＿＿。

きょう
今日は＋形容詞＋ですね。
kyoo wa　　desuna

熱
あつ
暑い
atsui

溫暖
あたた
暖かい
atatakai

涼爽
すず
涼しい
suzusii

冷
さむ
寒い
samui

潮濕的
しめ
湿っぽい
shimeppoi

多雨
あめ
雨がち
ame-gachi

多雲
くもりがち
kumori-gachi

例句

今天是好天氣。
きょう　てんき
今日はいい天気ですね。
kyoo wa ii tenki desune

正在下雨。
あめ　ふ
雨が降っています。
ame ga futte imasu

早上是晴天。
あさ　は
朝は晴れていました。
asa wa harete imashita

雲層很厚。
くも　おお
雲が多いです。
kumo ga ooi desu

風很強。
かぜ　つよ
風が強いです。
kaze ga tsuyoi desu

據說下午好像會下雨。
ごご　あめ　ふ
午後は雨が降るそうです。
gogo wa ame ga furu soo desu

明天有颱風。
あした　たいふう　き
明日は台風が来ます。
ashita wa taifu ga kimasu

2 東京天氣如何 MP3 1-30

東京的 ＿＿ 如何？

とうきょう
東京の＋四季＋はどうですか。
tookyoo no wa doo desuka

春天
はる
春
haru

夏天
なつ
夏
natsu

秋天
あき
秋
aki

冬天
ふゆ
冬
fuyu

例句

東京夏天很熱。

とうきょう なつ あつ
東京の夏は暑いです。
tookyoo no natsu wa atsui desu

但是冬天很冷。

ふゆ さむ
でも、冬は寒いです。
demo, fuyu wa samui desu

你的國家怎麼樣？

くに
あなたの国はどうですか。
anata no kuni wa doo desuka

我的國家一直都很熱。

わたし くに あつ
私の国は、いつも暑いです。
watashi no kuni wa itsumo atsui desu

下很多雨。

あめ ふ
雨がたくさん降ります。
ame ga takusan furimasu

北海道的夏天呢？

ほっかいどう なつ
北海道の夏はどうですか。
hokkaidoo no natsu wa doo desuka

很涼快。

すず
涼しいです。
suzushii desu

3 明天會下雨吧 MP3 1-31

明天會＿＿吧！

あした
明日は＋名詞＋でしょう。
ashita wa deshyoo

晴天

は
晴れ
hare

陰天

くも
曇り
kumori

下雪

ゆき
雪
yuki

雨天

あめ
雨
ame

晴時多雲

は　ときどきくも
晴れ時々曇り
hare tokidoki kumori

多雲短陣雨

くも　ときどき　あめ
曇り時々にわか雨
kumori tokidoki niwaka ame

晴後多雲

は　くも
晴れのち曇り
hare nochi kumori

例句

明天下雨吧！

あした　あめ
明日は雨でしょう。
ashita wa ame deshyoo

明天一整天都很溫暖吧！

あした　いちにちじゅうあたた
明日は一日中 暖かいでしょう。
ashita wa ichinichijuu atatakai deshyoo

今晚天氣不知道如何？

こんばん　てんき
今晩の天気はどうでしょう。
konban no tenki wa doo deshyoo

今晚天氣不錯吧！

こんばん　てんき
今晩は、いい天気でしょう。
konban wa ii tenki deshyoo

明天也是晴天嗎？

あした　は
明日も晴れですか。
ashita mo hare desuka

下星期都會是好天氣吧！

らいしゅう　てんき　つづ
来週はいい天気が続くでしょう。
raishuu wa ii tenki ga tsuzuku deshyoo

週末天氣轉熱吧！

しゅうまつ　あつ
週末は暑くなるでしょう。
shuumatsu wa atsuku naru deshyoo

4 東京8月天氣如何 MP3 1-32

＿＿的＿＿如何？

地名＋の＋月＋はどうですか。
no wa doo desuka

東京 8月

とうきょう 東京 はちがつ 8月
tookyoo hachigatsu

北京 9月

ペキン 北京 くがつ 9月
pekin kugatsu

紐約 9月

ニューヨーク くがつ 9月
nyuuyooku kugatsu

台北 12月

タイペイ 台北 じゅうにがつ 12月
taipee juunigatsu

＿＿如何？

地名＋はどうですか。
wa doo desuka

香港

ホンコン 香港
honkon

夏威夷

ハワイ
hawai

長野

ながの 長野
nagano

秋田

あきた 秋田
akita

函館

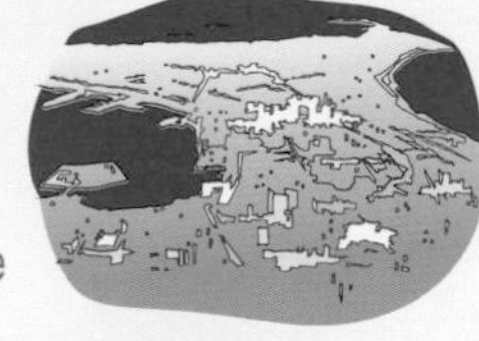

はこだて 函館
hakodate

日光

にっこう 日光
nikkoo

京都

きょうと 京都
kyooto

奈良

なら 奈良
nara

大阪

おおさか 大阪
oosaka

沖縄

おきなわ 沖縄
okinawa

1 我早上吃麵包

1-33

吃＿＿。
食物＋を食(た)べます。
o tabemasu

麵包
パン
pan

粥
お粥(かゆ)
o-kayu

飯
ご飯(はん)
go-han

蛋糕
ケーキ
keeki

饅頭
お饅頭(まんじゅう)
o-manjuu

沙拉
サラダ
sarada

三明治
サンドイッチ
sandoicchi

例句

早餐在家吃。
朝(あさ)ご飯(はん)は家(いえ)で食(た)べます。
asagohan wa ie de tabemasu

吃了麵包和沙拉。
パンとサラダを食(た)べました。
pan to sarada o tabemashita

偶爾吃粥。
時々(ときどき)おかゆを食(た)べます。
tokidoki o-kayu o tabemasu

只喝咖啡。
コーヒーだけ飲(の)みます。
koohii dake nomimasu

不吃早餐。
朝(あさ)ご飯(はん)は食(た)べません。
asagohan wa tabemasen

2 我喝果汁

MP3 1-34

喝 ＿＿＿ 。

飲料＋を飲(の)みます。
o nomimasu

牛奶
牛乳(ぎゅうにゅう)
gyuunyuu

果汁
ジュース
juusu

可樂

コーラ
koora

啤酒
ビール
biiru

礦泉水
ミネラルウォーター
mineraru-uootaa

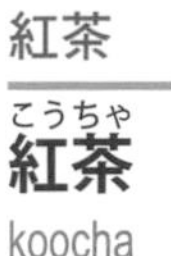
紅茶
紅茶(こうちゃ)
koocha

咖啡
コーヒー
koohii

可可亞
ココア
kokoa

例　句

你喜歡喝紅茶嗎？
紅茶(こうちゃ)は好(す)きですか。
koocha wa suki desuka

加牛奶嗎？
ミルクを入(い)れますか。
miruku o iremasuka

喝咖啡不加牛奶跟糖。
コーヒーをブラックで飲(の)みます。
koohii o burakku de nomimasu

喝豆漿。
豆乳(とうにゅう)を飲(の)みます。
toonyuu o nomimasu

喜歡喝酒。
お酒(さけ)が好(す)きです。
osake ga suki desu

常喝葡萄酒。
よくワインを飲(の)みます。
yoku wain o nomimasu

和朋友一起喝啤酒。
友達(ともだち)と一緒(いっしょ)にビールを飲(の)みます。
tomodachi to issho ni biiru o nomimasu

3 我打網球

1-35

做＿＿嗎？
運動＋をしますか。
o shimasuka

網球
テニス
tenisu

滑雪
スキー
sukii

游泳
水泳（すいえい）
suiee

高爾夫
ゴルフ
gorufu

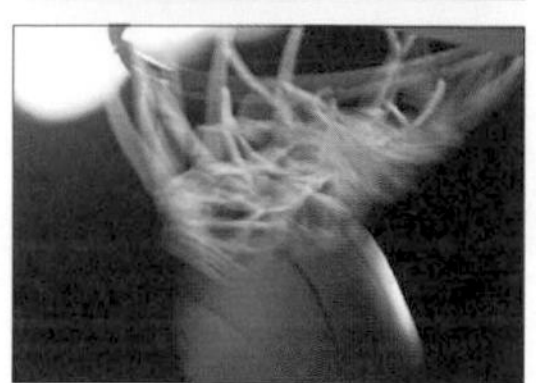

籃球
バスケットボール
basuketto-booru

棒球
野球（やきゅう）
yakyuu

沖浪
サーフィン
saafin

乒乓
ピンポン
pinpon

足球
サッカー
sakkaa

羽毛球
バドミントン
badominton

釣魚
つり
tsuri

爬山
登山（とざん）
tozan

保齡球
ボーリング
booringu

滑板
スケートボード
sukeeto-boodo

慢跑
ジョギング
jogingu

例句

一星期做兩次運動。

週二回スポーツをします。

shuu nikai supootsu o shimasu

有時打保齡球。

時々ボーリングをします。

tokidoki booringu o shimasu

常去公園散步。

よく公園を散歩します。

yoku kooen o sanpo shimashu

去游泳。

プールへ泳ぎに行きます。

puuru e oyogi ni ikimasu

每天慢跑。

毎日ジョギングをします。

mainichi jogingu o shimasu

我常打網球。

よくテニスをします。

yoku tenisu o shimasu

我不常打高爾夫球。

ゴルフはあまりしません。

gorufu wa amari shimasen

我們一起打棒球吧！

みんなで野球をしましょうか。

minna de yakyuu o shimashyooka

我想去爬山。

山登りに行きたいです。

yama-nobori ni ikitai desu

下回我們一起去爬山吧！

今度一緒に山登りに行きましょう。

kondo issho ni yama-nobori ni ikimashyoo

好啊！去啊！

いいですね。行きましょう。

ii desune.ikimashoo

4 假日我看電影

MP3 1-36

你假日做什麼？

やす　ひ　なに
Q：休みの日は何をしますか。
yasumi no hi wa nani o shimasuka

看 ＿＿ 。

み
A：名詞＋を見ます。
o mimasu

電視
テレビ
terebi

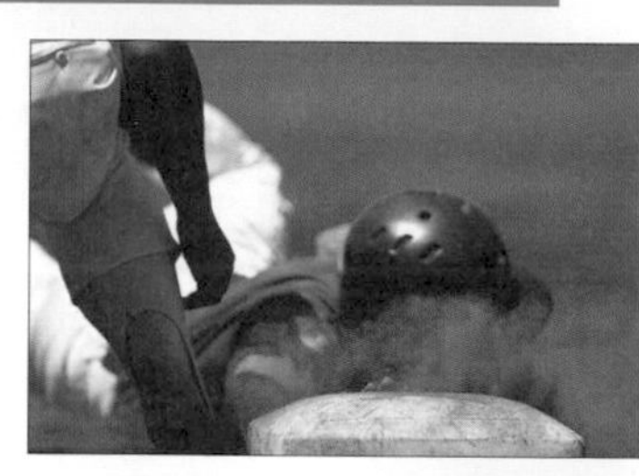

職業棒球
やきゅう
プロ野球
poro-yakyuu

書
ほん
本
hon

狗
いぬ
犬
inu

電影
えいが
映画
eega

繪畫
え
絵
e

錄影帶
ビデオ
bideo

日本電影
にほんえいが
日本映画
nihon-eega

法國電影
えいが
フランス映画
furansu-eega

例句

和男朋友約會。

彼氏(かれし)とデートします。

kareshi to deeto shimasu

和朋友說說笑笑。

友達(ともだち)とワイワイやります。

tomodachi to waiwai yarimasu

在卡拉OK唱歌。

カラオケで歌(うた)を歌(うた)います。

karaoke de uta o utaimasu

跟大家去喝酒。

みんなで飲(の)みに行(い)きます。

minna de nomi ni ikimasu

在房間看書。

部屋(へや)で本(ほん)を読(よ)みます。

heya de hon o yomimasu

獨自一個人聽音樂。

一人(ひとり)で音楽(おんがく)をききます。

hitori de ongaku o kikimasu

跟媽媽去看電影。

母(はは)と映画(えいが)に行(い)きます。

haha to eega ni ikimasu

跟朋友去買東西。

友(とも)だちと買(か)い物(もの)をします。

tomodachi to kaimono o shimasu

跟大家一起打棒球。

みんなで野球(やきゅう)をします。

minna de yakyuu o shimasu

跟小孩們玩。

子(こ)どもたちと遊(あそ)びます。

kodomo-tachi to asobimasu

在公園散步。

公園(こうえん)で散歩(さんぽ)をします。

kooen de sanpo o shimasu

1 我喜歡運動 MP3 1-37

喜歡 ＿＿ 。

運動＋が好(す)きです。
ga suki desu

高崖跳傘
パラグライダー
paraguraidaa

滑雪板
スノーボート
sunoobooto

風帆沖浪
ウィンドサーフィン
uindo-saafin

足球
サッカー
sakkaa

跳舞
ダンス
dansu

有氧舞蹈
エアロビクス
earo-bikusu

棒球
野球(やきゅう)
yakyuu

柔道
柔道(じゅうどう)
judoo

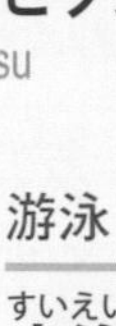

游泳
水泳(すいえい)
suiee

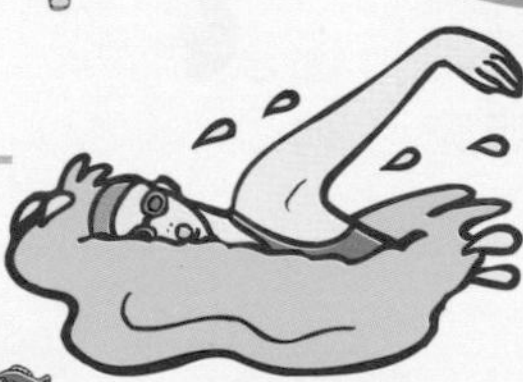

騎馬
乗馬(じょうば)
jooba

浮潛
スキューバダイビング
sukyuuba-daibingu

騎腳踏車
サイクリング
saikuringu

釣魚
釣(つ)り
tsuri

相撲
相撲(すもう)
sumoo

獨木舟
カヌー
kanuu

泛舟
ラフティング
rafutingu

例句

你喜歡什麼樣的運動？

どんなスポーツが好(す)きですか。

donna supootsu ga suki desuka

我經常游泳。

よく水泳(すいえい)をします。

yoku suiee o shimasu

喜歡看運動節目。

スポーツ観戦(かんせん)が好(す)きです。

supootsu-kansen ga suki desu

你看相撲嗎？

相撲(すもう)は見(み)ますか。

sumoo wa mimasuka

一星期慢跑兩次。

週二回(しゅうにかい)ジョギングをします。

shuu nikai jogingu o shimasu

偶爾去爬山。

時々山登(ときどきやまのぼ)りに行(い)きます。

tokidoki yama-nobori ni ikimasu

我都去游泳池游泳。

いつもプールで泳(およ)ぎます。

itsumo puuru de oyogimasu

跟朋友打壁球。

友(とも)だちとスカッシュをします。

tomodachi to sukkashu o shimasu

小小專欄

日本的節慶活動

日本(にほん)の行事(ぎょうじ)（一）

過年

お正月(しょうがつ)

成人禮

成人式(せいじんしき)

季節轉換期（立春、立夏、立秋、立冬）

節分(せつぶん)

女兒節

雛祭(ひなまつ)り

2 我的嗜好是聽音樂 MP3 1-38

您的興趣是什麼？

Q:ご趣味(しゅみ)は何(なん)ですか。
go-shumi wa nan desuka

我的興趣是 ______ 。

A:名詞（を…）+動詞+ことです。
o　koto desu

做菜
料理(りょうり)を　作(つく)る
ryoori o tsukuru

騎腳踏車
サイクリングを　する
saikuringu o　suru

聽音樂
音楽(おんがく)を　聞(き)く
ongaku o　kiku

畫畫
絵(え)を　描(か)く
e o　kaku

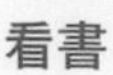

看書
本(ほん)を　読(よ)む
hon o　yomu

旅行
旅行(りょこう)を　する
ryokoo o　suru

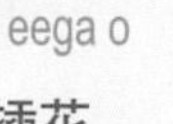

看電影
映画(えいが)を　見(み)る
eega o　miru

釣魚
釣(つ)りを　する
tsuri o　suru

拍照
写真(しゃしん)を　撮(と)る
shashin o　toru

插花
生(い)け花(ばな)を　する
ikebana o　suru

爬山
山(やま)に　登(のぼ)る
yama ni　noboru

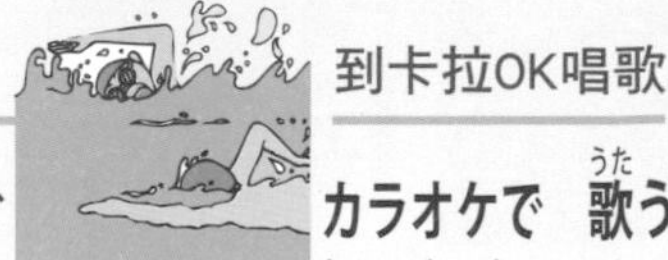

到海邊游泳
海(うみ)で　泳(およ)ぐ
umi de　oyogu

到卡拉OK唱歌
カラオケで　歌(うた)う
karaoke de　utau

聊天
おしゃべりを　する
oshaberi o　suru

下棋
将棋(しょうぎ)を　する
shoogi o　suru

寫小說
小説(しょうせつ)を　書(か)く
shoosetsu o kaku

很會 ____ 。

嗜好＋が上手（じょうず）ですね。
ga joozu desune

唱歌

うた
歌
uta

園藝

ガーデニング
gaadiningu

潛水

ダイビング
daibingu

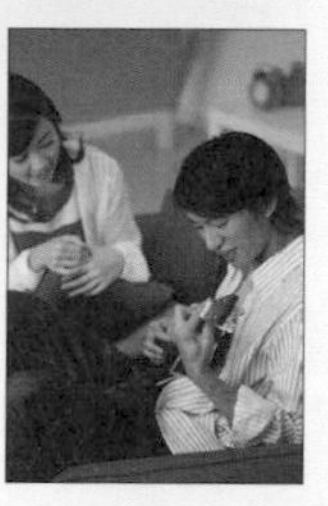

吉他

ギター
gitaa

鋼琴

ピアノ
piano

書法

しゅうじ
習字
shuuji

手工藝

しゅげい
手芸
shugee

料理

りょうり
料理
ryoori

足球

サッカー
sakkaa

電腦

パソコン
pasokon

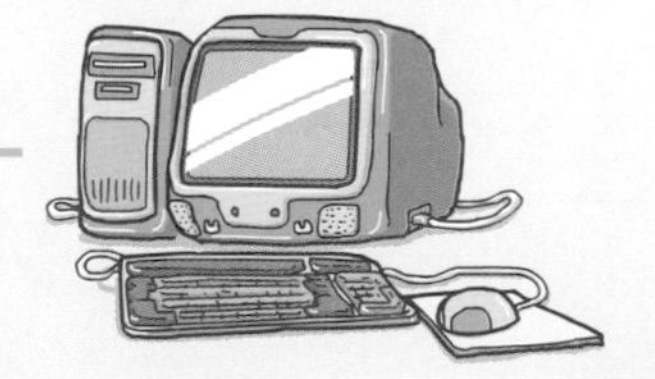

游泳

すいえい
水泳
suiee

跳舞

ダンス
dansu

1 我是2月4日生的 MP3 1-39

我的生日是＿＿。

わたし　たんじょうび
私の誕生日は＋月日＋です。
watashi no tanjoobi wa　desu

1月20號

いちがつはつか
1月 20日
ichigatsu hatsuka

2月4號

にがつよっか
2月 4日
nigatsu yokka

FEBRUARY

3月7號

さんがつなのか
3月 7日
sangatsu nanoka

4月24號

しがつにじゅうよっか
4月　24日
shigatsu nijuuyokka

APRIL

5月2號

ごがつふつか
5月 2日
gogatsu futsuka

6月9號

ろくがつここのか
6月　9日
rokugatsu kokonoka

JUNE

7月10號

しちがつとおか
7月　10日
shichigatsu tooka

8月8號

はちがつようか
8月 8日
hachigatsu yooka

AUGUST

9月1號

くがつついたち
9月 1日
kugatsu tsuitachi

10月19號

じゅうがつじゅうくにち
10月　19日
juugatsu juukunichi

11月14號

じゅういちがつ じゅうよっか
11月　14日
juuichigatsu juuyokka

12月10號

じゅうにがつとおか
12月 10日
juunigatsu tooka

例句

您的生日是什麼時候？

お誕生日(たんじょうび)はいつですか。

o-tanjoobi wa itsu desuka

我生日是下個月。

誕生日(たんじょうび)は来月(らいげつ)です。

tanjoobi wa raigetsu desu

你的生日呢？

あなたのお誕生日(たんじょうび)は。

anata no o-tanjoobi wa

7月7日。

7月7日(しちがつなのか)です。

shichigatsu nanoka desu

我12月出生。

12月(じゅうにがつ) 生(う)まれです。

juunigatsu umare desu

屬什麼的？

なに年(とし)ですか。

nani toshi desuka

我屬鼠。

ねずみ年(どし)です。

nezumi doshi desu

幾年生的？

何年(なんねん)生(う)まれですか。

nannen umare desuka

好用單字

完美主義	勤勞	誠實	端莊
完璧主義(かんぺきしゅぎ) kanpeki-shugi	勤勉(きんべん) kinben	誠実(せいじつ) seejitsu	しとやか shitoyaka

樂天派	固執	爽快	愛哭
楽天家(らくてんか) rakutenka	いじっぱり ijippori	快活(かいかつ) kaikatsu	泣(な)き虫(むし) nakimushi

2 我是射手座 MP3 1-40

我是＿＿星座。

私（わたし）は＋星座＋です。
watashi wa ... desu

水瓶座
水瓶座（みずがめざ）
mizugame-za

獅子座
獅子座（ししざ）
shishi-za

牡羊座
牡羊座（おひつじざ）
ohitsuji-za

金牛座
牡牛座（おうしざ）
oushi-za

處女座
乙女座（おとめざ）
otome-za

天秤座
天秤座（てんびんざ）
tenbin-za

射手座
射手座（いてざ）
ite-za

＿＿是什麼樣的個性？

星座＋はどんな性格（せいかく）ですか。
wa donna seekaku desuka

雙子座
双子座（ふたござ）
futago-za

巨蟹座
蟹座（かにざ）
kani-za

雙魚座
魚座（うおざ）
uo-za

天蠍座
蠍座（さそりざ）
sasori-za

魔羯座
山羊座（やぎざ）
yagi-za

處女座
乙女座（おとめざ）
otome-za

3 射手座很活潑 MP3 1-41

獅子座很活潑。

獅子座(の人)は明るいです。

shishi-za (no hito) wa akarui desu

雙魚座很有藝術天份。

魚座は芸術 的才能があります。

uo-za wa geejutsu-teki sainoo ga arimasu

從星座來看兩個人很適合。

星座から見ると二人は合いますよ。

seeza kara miru to futari wa aimasuyo

水瓶座很冷靜。

水瓶座はクールです。

mizugame-za wa kuuru desu

巨蟹座感情很豐富。

蟹座は感情が豊かです。

kani-za wa kanjoo ga yutaka desu

天蠍座意志力很強。

蠍座は意志が強いです。

sasori-za wa ishi ga tsuyoi desu

很多天秤座都當女演員。

天秤座は女優が多いです。

tenbin-za wa jouu ga ooi desu

魔羯座不缺錢。

山羊座はお金に困らないです。

yagi-za wa okane ni komaranai desu

魔羯座跟處女座很合。

山羊座と乙女座は相性がいいです。

yagi-za to otome-za wa aishoo ga ii desu

天秤座很有平衡感。

天秤座はバランスに優れています。

tenbin-za wa baransu ni sugurete imasu

射手座個性很活潑。

射手座は明るい性格です。

ite-za wa akarui seekaku desu

處女座很溫柔。

乙女座は優しいです。

otome-za wa yasashii desu

牧羊座是什麼個性呢？

牡羊座はどんな性格ですか。

ohitsuji-za wa donna seekaku desuka

1 我想當模特兒 MP3 1-42

將來我想當 ＿＿ 。

しょうらい
将来＋名詞＋になりたいです。
shyoorai ni naritai desu

歌手

かしゅ
歌手
kashu

醫生

いしゃ
医者
isha

老師

せんせい
先生
sensee

護士

かんごし
看護士
kangoshi

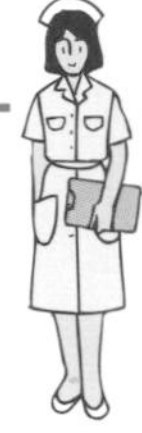

導遊

ツアーガイド
tsuaa-gaido

模特兒

モデル
moderu

運動選手

せんしゅ
スポーツ選手
supootsu-senshu

女演員

じょゆう
女優
joyuu

社長

しゃちょう
社長
shachoo

作家

さっか
作家
sakka

上班族

かいしゃいん
会社員
kaishain

工程師

エンジニア
enjinia

研究員

けんきゅういん
研究員
kenkyuuin

翻譯員

つうやく
通訳
tsuuyaku

例句

以後想做什麼？

しょうらい　なに
将来、何になりたいですか。
shyoorai,nani ni naritai desuka

為什麼？

どうしてですか。
dooshite desuka

因為喜歡唱歌。

うた　す
歌が好きだからです。
uta ga suki da kara desu

你想從事什麼工作？

しごと
どんな仕事をしたいですか。
donna shigoto o shitai desuka

我想從事貿易工作。

ぼうえき　しごと
貿易の仕事がやりたいです。
booeki no shigoto ga yaritai desu

因為很有挑戰性。

やりがいがあるからです。
yarigai ga aru kara desu

因為很有趣的樣子。

おもしろ
面白そうだからです。
omoshiro soo dakara desu

我想開公司。

じぶん　かいしゃ　も
自分の会社を持ちたいです。
jibun no kaisha o mochitai desu

小小專欄

日本的節慶活動

にほん　ぎょうじ
日本の行事（二）

端午節

たんご　せっく
端午の節句

七夕

たなばた
七夕

盂蘭盆會

ぼん
お盆

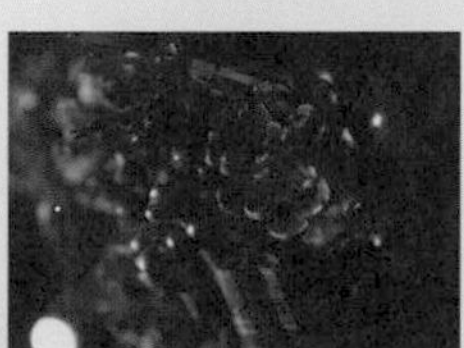

聖誕節

クリスマス

2 我希望有朋友

1-43

你現在最想要什麼

Q：今(いま)、何(なに)がほしいですか。
ima, nani ga hoshii desuka

想要 ＿＿ ?

A：名詞＋がほしいです。
ga hoshii desu

朋友
友(とも)だち
tomodachi

時間
時間(じかん)
jikan

錢
お金(かね)
okane

情人
恋人(こいびと)
koibito

車
車(くるま)
kuruma

筆記型電腦
ノートパソコン
nooto-pasokon

腳踏車
自転車(じてんしゃ)
jitensha

機車
バイク
baiku

房子
家(いえ)
ie

鑽石
ダイヤモンド
daiyamondo

戒指
指輪(ゆびわ)
yubiwa

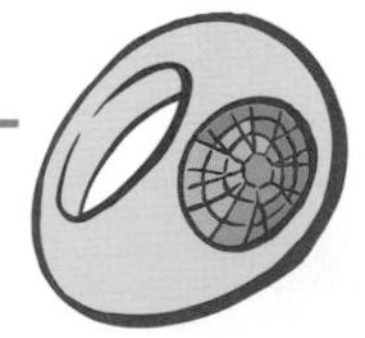

手提包
ハンドバッグ
handobaggu

旅費
旅行資金(りょこうしきん)
ryokoo-shikin

例句

為什麼想要錢？

なぜ、お金（かね）がほしいですか。

naze,o-kane ga hoshii desuka

因為想再多唸書。

もっと勉強（べんきょう）したいからです。

motto benkyoo shitai kara desu

因為想旅行。

旅行（りょこう）したいからです。

ryokoo shitai kara desu

因為我想留學。

留学（りゅうがく）したいからです。

ryuugaku shitai kara desu

為什麼想要車子。

どうして、車（くるま）がほしいですか。

dooshite, kuruma ga hoshii desuka

因為我想跟女友約會。

彼女（かのじょ）とデートしたいからです。

kanojo to deeto shitai kara desu

因為方便。

便利（べんり）だからです。

benri dakara desu

你想要什麼樣的房子。

どんな家（いえ）がほしいですか。

donna ie ga hosii desuka

我想要VOLVO車。

ボルボの車（くるま）がほしいです。

borubo no kuruma ga hoshii desu

現在，我最想要朋友。

今（いま）、友達（ともだち）が一番（いちばん）ほしいです。

ima,tomodachi ga ichiban hoshii desu

因為在一起感到很快樂。

一緒（いっしょ）にいると楽（たの）しいからです。

issho ni iru to tanoshii kara desu

3 將來我想住鄉下的透天厝

1-44

將來想住什麼樣的房子？

Q：将来(しょうらい)、どんな家(いえ)に住(す)みたいですか。
shoorai,donna ie ni sumitai desuka

想住＿＿。

A：名詞+に住(す)みたいです。
ni sumitai desu

很大的房子
大(おお)きな家(いえ)
ooki na ie

高級公寓
マンション
manshon

別墅
別荘(べっそう)
bessoo

透天厝
一戸建(いっこだ)て
ikkodate

有院子的房子
庭付(にわつ)きの家(いえ)
niwa-tsuki no ie

可愛的家
かわいい家(いえ)
kawaii ie

郊外的房子
郊外(こうがい)の家(いえ)
koogai no ie

鄉下的透天厝
田舎(いなか)の一軒家(いっけんや)
inaka no ikkenya

原木小木屋
ログハウス
rogu-hausu

想住什麼樣的城鎮？

Q：どんな町(まち)に住(す)みたいですか。

donna machi ni sumitai desuka

想住＿＿的城鎮。

A：形容詞＋町(まち)に住(す)みたいです。

machi ni sumitai desu

朝氣蓬勃

明(あか)るい

akarui

很多綠地的地方

緑(みどり)の多(おお)い

midori no ooi

安靜的

静(しず)かな

shizuka na

古意盎然的

古(ふる)い

furui

恬靜的

穏(おだ)やかな

odayaka na

熱鬧

にぎやかな

nigiyaka na

空氣好的

空気(くうき)のいい

kuuki no ii

乾淨的

清潔(せいけつ)な

seeketsu na

孩子很多的

子(こ)どもの多(おお)い

kodomo no ooi

摩登的

モダンな

modan na

方便的

便利(べんり)な

benri na

1 我的座位在哪裡 MP3 1-45

我的座位
私(わたし)の席(せき)
watashi no seki

洗手間
トイレ
toire

機場
空港(くうこう)
kuukoo

在哪裡？

名詞＋はどこですか。
wa doko desuka

商務客艙	ビジネスクラス	bijinesu-kurasu
雜誌	雑誌(ざっし)	zasshi
緊急出口	非常口(ひじょうぐち)	hijoo-guchi
耳機	イヤホーン	iyahoon

例句

行李放不進去。
荷物(にもつ)が入(はい)りません。
nimotsu ga hairimasen

請借我過。
通(とお)してください。
tooshite kudasai

我想換座位。
席(せき)を替(か)えてほしいです。
seki o kaete hoshii desu

可以將椅背倒下嗎？
席(せき)を倒(たお)してもいいですか。
seki o taoshitemo ii desuka

幾點到達？
到着(とうちゃく)は何時(なんじ)ですか。
toochaku wa nanji desuka

有中文報嗎？
中国語(ちゅうごくご)の新聞(しんぶん)はありますか。
chuugokugo no shinbun wa arimasuka

可以給我果汁嗎？
ジュースをもらえますか。
juusu o moraemasuka

麻煩幫我掛外套。
コートをお願(ねが)いします。
kooto o onegai shimasu.

2 我要雞肉

MP3 1-46

牛肉
ビーフ
biifu

雞肉
チキン
chikin

魚
魚（さかな）
sakana

葡萄酒
ワイン
wain

啤酒
ビール
biiru

水
お水（みず）
omizu

有 ______ ？

名詞＋はありますか。
wa arimasuka

日本報紙	日本（にほん）の新聞（しんぶん）	nihon no shinbun

請給我 ______ 。

名詞＋をください。
o kudasai

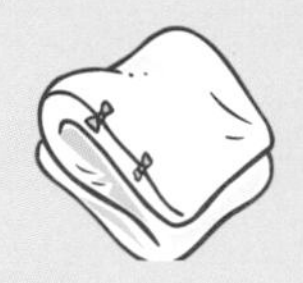

毛毯
毛布（もうふ）
moofu

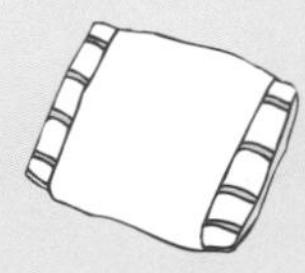

枕頭
枕（まくら）
makura

暈車藥
酔（よ）い止（ど）め薬（ぐすり）
yoidome gusuri

報紙
新聞（しんぶん）
shinbun

入境卡	入国（にゅうこく）カド	nyuukoku-kaado
感冒藥	風邪薬（かぜぐすり）	kaze-gusuri
英文雜誌	英語（えいご）の雑誌（ざっし）	eego no zasshi
溫的飲料	温（あたた）かい飲（の）み物（もの）	atatakai nomi-mono

3 再給我一杯水

MP3 1-47

例句

請再給我一杯。
もう一杯（いっぱい）ください。
moo ippai kudasai

是免費的嗎？
無料（むりょう）ですか。
muryoo desuka

我身體不舒服。
気分（きぶん）が悪（わる）いです。
kibun ga warui desu

什麼時候到達？
いつ着（つ）きますか。
itsu tsukimasuka

再20分鐘。
あと20分（にじゅっぷん）です。
ato nijuppun desu

現在我們在哪裡？
今（いま）、どのへんですか。
ima, dono hen desuka

請給我飲料。
飲（の）み物（もの）をください。
nomi-mono o kudasai

我肚子疼。
おなかが痛（いた）いです。
o-naka ga itai desu

感到寒冷。
寒（さむ）いです。
samui desu

想看錄影帶。
ビデオが見（み）たいです。
bideo ga mitai desu

好用單字

雜誌	雑誌（ざっし）	zasshi
耳機	イヤホーン	iyahoon
香煙	タバコ	tabako
葡萄酒	ワイン	wain
機艙內販賣	機内販売（きないはんばい）	kinai-hanbai
免稅商品	免税品（めんぜいひん）	menzee-hin
型錄	カタログ	katarogu
圍巾	スカーフ	sukaafu
香水	香水（こうすい）	koosui

4 我來觀光的

MP3 1-48

旅行目的為何？

Q:旅行(りょこう)の目的(もくてき)は何(なん)ですか。

ryokoo no mokuteki wa nan desuka

是＿＿＿。

A: 名詞＋です。

desu

觀光
観光(かんこう)
kankoo

留學
留学(りゅうがく)
ryuugaku

工作
仕事(しごと)
shigoto

會議
会議(かいぎ)
kaigi

出差	出張(しゅっちょう)	shucchoo
商務	ビジネス	bijinesu
探親	親族訪問(しんぞくほうもん)	shinzoku-hoomon
探訪朋友	知人訪問(ちじんほうもん)	chijin-hoomon

你的職業是？

職業(しょくぎょう)は何(なん)ですか。

shokugyoo wa nan desuka

學生。
学生(がくせい)です。
gakusee desu

上班族。
サラリーマンです。
sarariiman desu

我是主婦。
主婦(しゅふ)です。
shufu desu

我是醫生。
医者(いしゃ)です。
isha desu

粉領族。
OL(オーエル)です。
ooeru desu

我是公司職員。
会社員(かいしゃいん)です。
kaisha-in desu

我是公司負責人。
経営者(けいえいしゃ)です。
keeee-sha desu

5 我要待五天 MP3 1-49

要住在哪裡？

Q:どこに滞在（たいざい）しますか。
doko ni taizai shimasuka

______ 。

A: 名詞＋です。
desu

〇〇飯店
〇〇ホテル
hoteru

朋友家
友人（ゆうじん）の家（いえ）
yuujin no ie

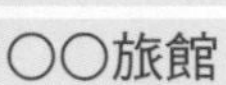

〇〇旅館
〇〇旅館（りょかん）
ryokan

〇〇民宿
〇〇民宿（みんしゅく）
minshuku

留學生宿舍
留学生（りゅうがくせい） 宿舎（しゅくしゃ）
ryuugakusee shukusha

兒子的家
息子（むすこ）の家（いえ）
musuko no ie

同事的家
同僚（どうりょう）の家（いえ）
dooryoo no ie

要待幾天？

Q:何日滞在（なんにちたいざい）しますか。
nannichi taizai shimasuka

______ 。

A: 期間＋です。
desu

五天
五日間（いつかかん）
itsukakan

一星期
一週間（いっしゅうかん）
isshuukan

兩星期
二週間（にしゅうかん）
nishuukan

一個月
一ヶ月（いっかげつ）
ikkagetsu

十天
10日間（とおかかん）
tooka kan

三天
三日（みっか）
mikka

大約兩個月
約2ヶ月（やくにかげつ）
yaku nikagetsu

6 這是日常用品 MP3 1- 50

請　　　。

動詞＋ください。
kudasai

開	開(あ)けて	akete
等	待(ま)って	matte
看	見(み)て	mite
關起來	しまって	shimatte
讓我看	見(み)せて	misete
說	言(い)って	itte
打開	開(あ)いて	aite
拿出來	出(だ)して	dashite

這是什麼？

Q:これは何(なん)ですか。
kore wa nan desuka

是　　　。

A: 名詞＋です。
desu

日常用品　日常品(にちじょうひん)　nichijoohin

衣服　洋服(ようふく)　yoofuku

相機　カメラ　kamera

禮物　プレゼント　purezento

香煙　タバコ　tabako

日本酒　日本酒(にほんしゅ)　nihon-shu

名產　お土産(みやげ)　omiyage

洗臉用具　洗面具(せんめんぐ)　senmen-gu

筆記用具　筆記用具(ひっきようぐ)　hikki-yoogu

圍巾　スカーフ　sukaafu

感冒藥　風邪薬(かぜぐすり)　kaze-gusuri

字典　辞書(じしょ)　ji sho

7 麻煩我到台北　MP3 1-51

麻煩我到＿＿＿＿。

ねが
場所＋までお願いします。
made onegai shimasu

台北
タイペイ
台北
taipee

日本
にほん
日本
nihon

香港
ホンコン
香港
honkon

北京
ペキン
北京
pekin

大阪
おおさか
大阪
oosaka

巴黎
パリ
pari

倫敦
ロンドン
rondon

羅馬
ローマ
rooma

曼谷
バンコク
bankoku

上海
シャンハイ
上海
shanhai

例句

日本航空櫃檯在哪裡？
にほんこうくう
日本航空のカウンターはどこですか。
nihonkookuu no kauntaa wa doko desuka

我要辦登機手續。
チェックインします。
chekkuin shimasu

是經濟艙。
エコノミークラスです。
ekonomii-kurasu desu

是商務艙。
ビジネスクラスです。
bijinesu-kurasu desu

是全部禁煙嗎？
ぜんぶ きんえん
全部禁煙ですか。
zenbu kinen desuka

有行李要寄放嗎？
あず　にもつ
預かる荷物はありますか。
azukaru nimotsu wa arimasuka

有靠窗的座位嗎？
まどがわ　せき
窓側の席はありますか。
madogawa no seki wa arimasuka

靠走道好。
つうろがわ
通路側がいいです。
tuuro-gawa ga ii desu

8 我要換日幣

MP3 1-52 請　　　。

名詞＋してください。
site kudasai

兌換外幣	簽名	確認	換（錢）
両替（りょうがえ）	サイン	確認（かくにん）	チェンジ
ryoogae	sain	kakunin	chenji

例句

換成日圓
日本円（にほんえん）に。
nihonen ni

請換成五萬日圓。
5万円（ごまんえん） 両替（りょうがえ）してください。
gomanen ryoogaeshite kudasai

也請給我一些零錢。
小銭（こぜに）も混（ま）ぜてください。
kozeni mo mazete kudasai

請讓我看一下護照。
パスポートを見（み）せてください。
pasupooto o misete kudasai

麻煩您在這裡簽名。
ここにサインをお願（ねが）いします。
koko ni sain o onegai shimasu

這樣可以嗎？
これでいいですか。
korede ii desuka

9 喂！我是台灣的小李啦 MP3 1-53

例句

給我一張電話卡。
テレホンカード一枚（いちまい）ください。
terehonkaado ichimai kudasai

喂，我是台灣的小李。
もしもし、台湾（タイワン）の李（り）です。
moshi moshi,taiwan no ri desu

陽子小姐在嗎？
陽子（ようこ）さんはいらっしゃいますか。
yookosan wa irasshaimasuka

我剛到日本。
ただいま、日本（にほん）に着（つ）きました。
tadaima,nihon ni tsukimashita

那麼就在新宿車站見面吧！
では、新宿駅（しんじゅくえき）で会（あ）いましょう。
dewa shinjuku-eki de aimashoo

在哪裡碰面好呢？
どこで会（あ）いましょうか。
doko de aimashooka

知道南口在哪裡嗎？
南口（みなみぐち）はわかりますか。
minamiguchi wa wakarimasuka

搭成田Express去。
成田（なりた）エクスプレスで行（い）きます。
narita-ekusupuresu de ikimasu

在JR的剪票口等你。
ＪＲ（ジェーアール）の改札口（かいさつぐち）で待（ま）っています。
JR no kaisatsu-guchi de matte imasu

待會兒見。
では、また後（あと）で。
dewa, mata atode

好用單字

打電話	電話（でんわ）する	denwasuru
手機	携帯電話（けいたいでんわ）	keetai-denwa
留言	メッセージ	messeeji
外出中	外出中（がいしゅつちゅう）	gaishutsu-chuu
不在家	留守（るす）	rusu
出門	出（で）かける	dekakeru
留言	伝言（でんごん）	dengon
鈴聲	発信音（はっしんおん）	hasshin-on
要事	ご用件（ようけん）	go-yooken

10 我要寄包裹

MP3 1-54 麻煩我寄＿＿＿＿。

名詞＋でお願（ねが）いします。
de onegai shimasu

空運	船運	掛號
航空便（こうくうびん）	船便（ふなびん）	書留（かきとめ）
kookuubin	funabin	kakitome

包裹	宅急便	限時專送
小包（こづつみ）	宅急便（たっきゅうびん）	速達（そくたつ）
kozutsumi	takkyuubin	sokutatsu

例句

費用多少？
料金（りょうきん）はいくらですか。
ryookin wa ikura desuka

麻煩寄到台灣。
台湾（タイワン）までお願（ねが）いします。
taiwan made onegai shimasu

請給我明信片10張。
はがきを１０枚（じゅうまい）ください。
hagaki o juumai kudasai

哪一個便宜？
どちらが安（やす）いですか。
dochira ga yasui desuka

有寄包裹的箱子嗎？
小包（こづつみ）の箱（はこ）はありますか。
kozutsumi no hako wa arimasuka

麻煩寄航空信。
エアメールでお願（ねが）いします。
ea-meeru de onegai shimasu

大概什麼時候寄到？
どのぐらいで着（つ）きますか。
donogurai de tsukimasuka

給我一個郵件袋。
ゆうパックの袋（ふくろ）を一枚（いちまい）ください。
yuu-pakku no fukuro o ichimai kudasai

11 一個晚上多少錢 MP3 1-55

　　　多少錢？

名詞（は…）+いくらですか。
wa　ikura desuka

一晚	一個人	兩張單人床房間	一張雙人床房間
いっぱく 一泊 ippaku 	ひとり 一人 hitori	ツインは tsuin wa 	ダブルは daburu wa

單人床房間	這個房間	總統套房	兩個人
シングルは shinguru wa 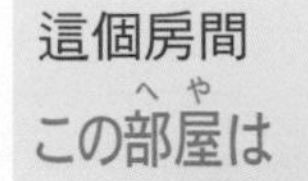	へや この部屋は kono heya wa 	スイートルームは suiito-ruumu wa	ふたり 二人で futari de 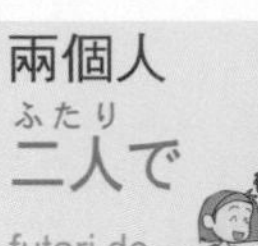

例句

我想預約。
よやく
予約したいです。
yoyakushitai desu

有附早餐嗎？
ちょうしょく
朝食はつきますか。
chooshoku wa tsukimasuka

那樣就可以了。
ねが
それでお願いします。
sorede onegai shimasu

三個人可以住同一間房間嗎？
さんにんひとへや
三人一部屋でいいですか。
sannin hito-heya de ii desuka

有餐廳嗎？
レストランはありますか。
resutoran wa arimasuka

有沒有更便宜的房間？
やす　へや
もっと安い部屋はありませんか。
motto yasui heya wa arimasenka

幾點開始住宿登記？
なんじ
チェックインは何時からですか。
chekku-in wa nanji kara desuka

12 這巴士有到京王飯店嗎 MP3 2-01

例句

有到〇〇飯店嗎？
〇〇ホテルへ行(い)きますか。
hoteru e ikimasuka

下一班巴士幾點？
次(つぎ)のバスは何時(なんじ)ですか。
tsugi no basu wa nanji desuka

給我一張到新宿的票。
新宿(しんじゅく)まで一枚(いちまい)ください。
shinjuku made ichimai kudasai

請往右側出口出去。
右側(みぎがわ)の出口(でぐち)に出(で)てください。
migigawa no deguchi ni dete kudasai

請在3號乘車處上車。
3番乗(さんばんの)り場(ば)で乗車(じょうしゃ)してください。
sanban noriba de jooshashite kudasai

我想去澀谷。
渋谷(しぶや)へ行(い)きたいです。
shibuya e iki tai desu

幾號巴士站？
乗(の)り場(ば)は何番(なんばん)ですか。
nori-ba wa nanban desuka

這裡有到新宿嗎？
ここは、新宿行(しんじゅくゆ)きですか。
koko wa, shijuku yuki desuka

到東京車站要幾分鐘？
東京駅(とうきょうえき)まで何分(なんぷん)ですか。
tookyoo-eki made nanpun desuka

我想在池袋車站前下車。
池袋駅前(いけぶくろえきまえ)に降(お)りたいんですが。
ikebukuro eki-mae ni ori tain desuga

好用單字

車票	切符(きっぷ)	kippu
售票處	売(う)り場(ば)	uriba
機場巴士	リムジンバス	rimujinbasu
乘車處	乗(の)り場(ば)	noriba
一號巴士站	1番乗(いちばんの)り場(ば)	ichiban nori-ba
排隊	並(なら)ぶ	narabu
往新宿	新宿行(しんじゅくゆ)き	shinjuku yuki
往東京車站	東京駅行(とうきょうえきゆ)き	tookyoo-eki yuki
東京都中心區	都内(とない)	tonai

1 我要住宿登記　MP3 2-02

麻煩＿＿＿＿。

名詞＋をお願(ねが)いします。
o onegai shimasu

住宿登記
チェックイン
chekkuin

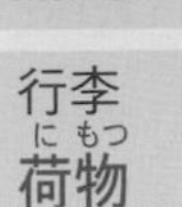

行李
荷物(にもつ)
nimotsu

說明
説明(せつめい)
setsumee

簽名
サイン
sain

鑰匙
鍵(かぎ)
kagi

例句

有預約。
予約(よやく)してあります。
yoyakushite arimasu

沒預約。
予約(よやく)してありません。
yoyakushite arimasen

我叫李明寶。
李明宝(リメイホウ)といいます。
ri meehoo to iimasu

幾點退房？
チェックアウトは何時(なんじ)ですか。
chekkuauto wa nanji desuka

麻煩刷卡。
カードでお願(ねが)いします。
kaado de onegai shimasu

在哪裡吃早餐？
朝食(ちょうしょく)はどこで食(た)べますか。
chooshoku wa doko de tabemasuka

請幫我搬行李。
荷物(にもつ)を運(はこ)んでください。
nimotsu o hakonde kudasai

有保險箱嗎？
金庫(きんこ)はありますか。
kinko wa arimasuka

有街道的地圖嗎？
街(まち)の地図(ちず)はありますか。
machi no chizu wa arimasuka

請幫我搬那個。
それを運(はこ)んでください。
sore　o hakonde kudasai

2 幫我換床單 MP3 2-03

請＿＿＿

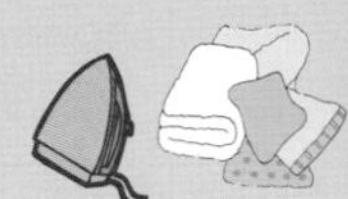

名詞＋を＋動詞＋ください。
o kudasai

房間／更換 部屋（へや）／変（か）えて heya kaete	熨斗／借我 アイロン／貸（か）して airon kashite	行李／搬運 荷物（にもつ）／運（はこ）んで nimotsu hakonde	地方／告訴我 場所（ばしょ）／教（おし）えて basho oshiete
使用方法／教 使（つか）い方（かた）／教（おし）えて tsukai-kata oshiete	毛巾／更換 タオル／換（か）えて taoru kaete	掃／打 掃除（そうじ）／して sooji shite	床單／更換 シーツ／換（か）えて shiitsu kaete

例句

請打掃房間。
部屋（へや）を掃除（そうじ）してください。
heya o soojishite kudasai

請再給我一條毛巾。
タオルをもう一枚（いちまい）ください。
taoru o moo ichimai kudasai

鑰匙不見了。
鍵（かぎ）をなくしました。
kagi o nakushimashita

沒有開瓶器。
栓抜（せんぬ）きがありません。
sennuki ga arimasen

可以給我冰塊嗎？
氷（こおり）はもらえますか。
koori wa moraemasuka

電視故障了。
テレビが壊（こわ）れています。
terebi ga kowarete imasu

房間好冷。
部屋（へや）が寒（さむ）いです。
heya ga samui desu

我要英文版報紙。
英語（えいご）の新聞（しんぶん）がほしいです。
eego no shinbun ga hoshii desu

衣架不夠。
ハンガーが足（た）りません。
hangaa ga tarimasen

3 我要一客比薩

MP3 2-04

例句

100號客房。
１００号室(ひゃくごうしつ)です。
hyaku gooshitsu desu

我要客房服務。
ルームサービスをお願(ねが)いします。
ruumu-saabisu o onegai shimasu

給我一客比薩。
ピザを一(ひと)つください。
piza o hitotsu ku dasai

我要送洗。
洗濯物(せんたくもの)をお願(ねが)いします。
sentakumono o onegai shimasu

早上6點請叫醒我。
朝6時(あさろくじ)にモーニングコールをお願(ねが)いします。
asa rokuji ni mooningu-kooru o onegai shimasu

麻煩幫我按摩。
マッサージをお願(ねが)いします。
massaaji o onegai shimasu

想預約餐廳。
レストランの予約(よやく)をしたいです。
resutoran no yoyaku o shitai desu

想打國際電話。
国際電話(こくさいでんわ)をかけたいです。
kokusaidenwa o kaketai desu

有游泳池嗎？
プールはありますか。
puuru wa arimasuka

好用單字

床單	シーツ	shiitsu
枕頭	枕(まくら)	makura
開瓶器	栓抜(せんぬ)き	sennuki
毛毯	毛布(もうふ)	moofu
衛生紙	トイレットペーパー	toirettopeepaa
洗髮精	シャンプー	shanpuu
一套刷牙用具	歯磨(はみが)きセット	hamigaki-setto
棉被	布団(ふとん)	futon
吹風機	ドライヤー	doraiyaa
潤絲精	リンス	rinsu
淋浴	シャワー	shawaa
小刀	ナイフ	naifu

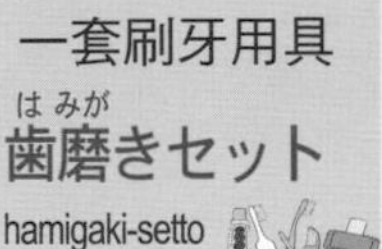

4 我要退房

MP3 2-05

例句

我要退房。
チェックアウトします。
chekkuauto shimasu

這是什麼？
これは何(なん)ですか。
kore wa nan desuka

沒有使用迷你吧。
ミニバーは利用(りよう)していません。
minibaa wa riyooshite imasen

麻煩確認一下。
確認(かくにん)をお願(ねが)いします。
kakunin o onegaishimasu

麻煩我要刷卡。
カードでお願(ねが)いします。
kaado de onegai shimasu

請簽名。
サインしてください。
sain shite kudasai

多謝關照。
お世話(せわ)になりました。
osewa ni narimashita

請給我收據。
領収書(りょうしゅうしょ)をください。
ryooshuusho o kudasai

好用單字

冰箱 冷蔵庫(れいぞうこ) reezooko	明細 明細(めいさい) meesai	稅金 税金(ぜいきん) zeekin	服務費 サービス料(りょう) saabisuryoo
迷你酒吧 ミニバー mini-baa	收據 領収書(りょうしゅうしょ) ryooshuu-sho	電話費 電話代(でんわだい) denwa-dai	傳真費用 ファックス代(だい) fakkusu dai

① 老闆！仙貝一盒多少錢 MP3 2-06

____ 多少錢？

名詞＋数量＋いくらですか。
ikura desuka

豆沙糯米飯糰／兩個
おはぎ／二(ふた)つ
ohagi futatsu

麻薯／三個
おもち／三(みっ)つ
omochi mittsu

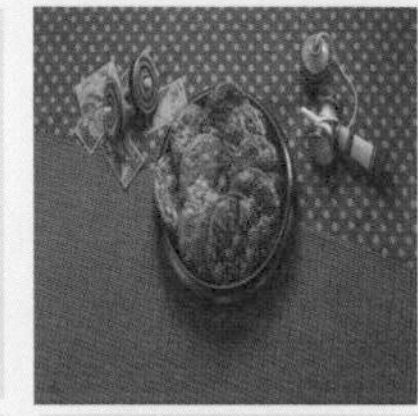

仙貝／一盒
お煎餅(せんべい)／一箱(ひとはこ)
osenbee hitohako

紅豆烤餅／四個
どら焼(や)き／四(よっ)つ
dorayaki yottsu

這個／一個
これ／一(ひと)つ
kore hitotsu

蘋果／一堆
りんご／一山(ひとやま)
ringo hitoyama

花／一束
花(はな)／一束(ひとたば)
hana hitotaba

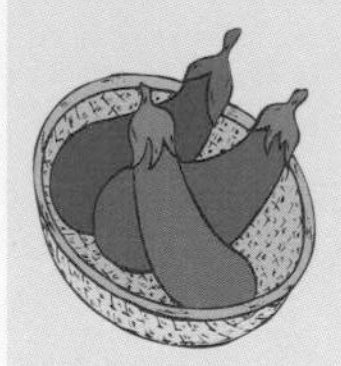

茄子／一盤
ナス／一皿(ひとさら)
nasu hitosara

雨傘／一支
かさ／一本(いっぽん)
kasa ippon

刨冰／一份
かき氷(ごおり)／一(ひと)つ
kakigoori hitotsu

秋刀魚／一盤
さんま／一皿(ひとさら)
sanma hitosara

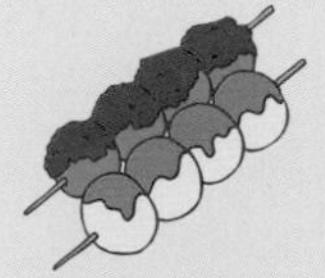

麻薯丸子／兩串
お団子（だんご）／二串（ふたくし）
odango　futakushi

烤章魚／一盒
たこ焼（や）き／一箱（ひとはこ）
takoyaki　hitohako

礦泉水／一瓶
ミネラルウォーター／一本（いっぽん）
mineraruootaa　ippon

葡萄／一盒
ぶどう／一箱（ひとはこ）
budoo　hitohako

罐裝啤酒／一罐
缶（かん）ビール／一（ひと）つ
kan-biiru　hitotsu

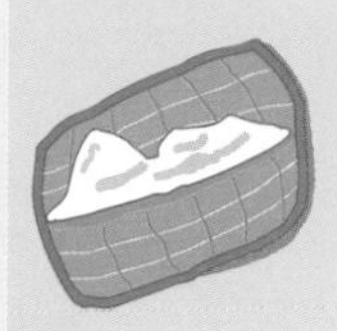

紙巾／一包
ティッシュ／一（ひと）つ
tisshu　hitotsu

例句

歡迎光臨。
いらっしゃいませ。
irasshai mase

可以試吃嗎？
試食（ししょく）してもいいですか。
shishokushitemo ii desuka

這個請給我一盒。
これをワンパックください。
kore o wanpakku kudasai

算我便宜一點嘛。
まけてくださいよ。
makete kudasaiyo

再買一個。
もう一（ひと）つ買（か）います。
moo hitotsu kaimasu

全部多少錢？
全部（ぜんぶ）でいくらですか。
zenbu de ikura deuska

有沒有更便宜的？
もっと安（やす）いのはありますか。
motto yasuinowa arimasuka

這好吃嗎？
これは、おいしいですか。
kore wa oishii desu ka

2 給我漢堡

MP3 2-07

給我＿＿＿。

名詞＋ください。
kudasai

漢堡	可樂	薯條	熱狗
ハンバーガー	コーラ	フライドポテト	ホットドッグ
hanbaagaa	koora	furaidopoteto	hotto-dogu

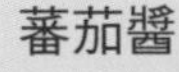

沙拉	果汁	咖啡	蕃茄醬
サラダ	ジュース	コーヒー	ケチャップ
sarada	juusu	koohii	kechappu

例句

可樂中杯。
コーラはM（エム）です。
koora wa emu desu

在這裡吃。
ここで食（た）べます。
koko de tabemasu

外帶。
テイクアウトします。
teikuauto shimasu

全部多少錢？
全部（ぜんぶ）でいくらですか。
zenbu de ikura desuka

請給我大的。
大（おお）きいのをください。
ookii noo kudasai

我要附咖啡。
コーヒーを付（つ）けてください。
koohii o tsukete kudasai

也給我砂糖跟奶精。
砂糖（さとう）とミルクもください。
satoo to miruku mo kudasai

有餐巾嗎？
ナプキンはありますか。
napukin wa arimasuka

3 便當幫我加熱

MP3 2-08

例句

便當要加熱嗎？

お弁当(べんとう)を温(あたた)めますか。

obentoo o atatamemasuka

幫我加熱。

温(あたた)めてください。

atatamete kudasai

需要筷子嗎？

お箸(はし)は要(い)りますか。

ohashi wa irimasuka

收您一千日圓。

千円(せんえん)お預(あず)かりします。

senen oazukari shimasu

找您兩百日圓。

2百円(にひゃくえん)のおつりです。

nihyakuen no otsuri desu

需要湯匙嗎？

スプーンは要(い)りますか。

supuun wa irimasuka

麻煩您。

お願(ねが)いします。

onegai shimasu

果汁在哪裡？

ジュースはどこですか。

juusu wa dokodesuka

請給我70日圓的郵票。

7 0 円切手(ななじゅうえんきって)をください。

nanajuuenn kitte o kudasai

好用單字

便利商店	コンビニ	konbini
收銀台	レジ	reji
果汁	ジュース	juusu
袋子	袋(ふくろ)	fukuro
零錢	おつり	otsuri
打折扣	おまけ	omake
碗麵	カップラーメン	kappu-raamen
小點心	スナック菓子(かし)	sunakku-kashi
保特瓶	ペットボトル	petto-botoru

4 這附近有拉麵店嗎 MP3 2-09

附近有＿＿嗎？

近（ちか）くに＋商店＋はありますか。

chikaku ni ＿＿ wa arimasuka

拉麵店
ラーメン屋（や）
raamen-ya

壽司店
寿司屋（すしや）
sushi-ya

開放式咖啡店
オープンカフェ
oopun-kafe

闔家餐廳
ファミリーレストラン
famirii-resutoran

義大利餐廳
イタリア料理店（りょうりてん）
itaria-ryoori-ten

印度餐廳
インド料理店（りょうりてん）
indo-ryoori-ten

中華料理店
中華料理店（ちゅうかりょうりてん）
chuuka-ryoori-ten

牛丼店
牛丼屋（ぎゅうどんや）
gyuudon-ya

烤肉店
焼き肉屋（やきにくや）
yakiniku-ya

日本料理店
日本料理店（にほんりょうりてん）
nihon-ryoori-ten

印度餐廳
インド料理屋（りょうりや）
indo-ryoori-ya

迴轉壽司店
回転寿司（かいてんずし）
kaiten-zushi

料亭（日本傳統料理店）
料亭（りょうてい）
ryootee

比薩店
ピザ屋（や）
peza-ya

例句

有炸蝦魚店嗎？

てんぷら屋(や)はありますか。

tenpura-ya wa arimasuka

地方在哪裡？

場所(ばしょ)はどこですか。

basho wa doko desuka

價錢多少？

値段(ねだん)はどれくらいですか。

nedan wa dorekurai desuka

想吃壽司。

寿司(すし)が食(た)べたいです。

sushi ga tabe tai desu

好吃嗎？

おいしいですか。

oishii desuka

什麼好吃呢？

何(なに)がおいしいですか。

naniga oishii desuka

你推薦什麼？

お勧(すす)めはなんですか。

osusume wa nandesuka

我的旅遊小筆記

5 今晚七點二人

MP3 2-10

在

時間＋で＋**人数**＋です。
de desu

今晚7點／兩人
こんばんしちじ ふたり
今晚７時／二人
konban shichiji futari

明晚8點／四人
あした よるはちじ よにん
明日の夜八時／四人
ashita no yoru hachiji yonin

今天6點／三個人
きょう ろくじ さんにん
今日の6時／三人
kyoo no rokuji sannin

星期六8點／十個人
どようび はちじ じゅうにん
土曜日の8時／10人
doyoobi no hachiji juunin

例句

我姓李。
リ もう
李と申します。
ri to mooshimasu

套餐多少錢？
コースはいくらですか。
koosu wa ikura desuka

請給我靠窗的座位。
まどがわ せき ねが
窓側の席をお願いします。
madogawa no seki o onegai shimasu

請傳真地圖給我。
ちず
地図をファックスしてください。
chizu o fakkusu shite kudasai

也有壽喜燒嗎？
すきやきもありますか。
sukiyaki mo arimasuka

也能喝酒嗎？
さけ の
お酒も飲めますか。
o-sake mo nomemasuka

從車站很近嗎？
えき ちか
駅から近いですか。
eki kara chikai desuka

請多多指教。
ねが
よろしくお願いします。
yoroshiku onegai shimasu

6 我姓李，預約七點

MP3 2-11

例句

我姓李，預約7點。
李(り)です。7時(しちじ)に予約(よやく)してあります。
ri desu, shichiji ni yoyakushite arimasu

四人。
4人(よにん)です。
yonin desu

有非吸煙區嗎？
禁煙席(きんえんせき)はありますか。
kinenseki wa arimasuka

沒有預約。
予約(よやく)してありません。
yoyakushite arimasen

要等多久？
どれくらい待(ま)ちますか。
dorekurai machimasuka

有很多人嗎？
混(こ)んでいますか。
konde imasuka

那麼，我下次再來。
では、またにします。
dewa, mata ni shimasu

那麼，我等。
では、待(ま)ちます。
dewa, machimasu

有靠窗的位子嗎？
窓際(まどぎわ)はあいていますか。
mado giwa wa aite imasuka

好用單字

吸煙區	包廂	席位已滿	有位子
喫煙席(きつえんせき)	個室(こしつ)	満員(まんいん)	空(あ)く
kitsuen seki	koshitsu	manin	aku
餐桌	櫃臺	兩人座位	四人座位
テーブル	カウンター	二人席(ふたりせき)	四人席(よにんせき)
teeburu	kauntaa	futari seki	yonin seki

7 我要點菜

MP3 2-12

例句

請給我菜單。
メニューを見(み)せてください。
menyuu o misete kudasai

我要點菜。
注文(ちゅうもん)をお願(ねが)いします。
chuumon o onegai shimasu

推薦菜是什麼？
お勧(すす)め料理(りょうり)は何(なん)ですか。
osusume-ryoori wa nan desuka

這是什麼樣的菜？
これは、どんな料理(りょうり)ですか。
kore wa, donna ryoori desuka

是魚還是肉？
魚(さかな)ですか。肉(にく)ですか。
sakana desuka.niku desuka

有什麼點心？
デザートは、何(なに)がありますか。
dezaato wa, nani ga arimasuka

那麼我要這個。
では、これにします。
dewa, kore ni shimasu

麻煩兩個B套餐。
Bコースを二(ふた)つ、お願(ねが)いします。
bii-koosu o futatsu, onegai shimasu

我要＿＿＿＿。

料理＋にします。
ni shimasu

壽司
寿司(すし)
sushi

天婦羅套餐
天(てん)ぷら定食(ていしょく)
tenpura teeshoku

涮涮鍋
しゃぶしゃぶ
shabushabu

壽喜燒
すきやき
sukiyaki

炸豬排
かつどん
katsudon

黑輪
おでん
oden

鰻魚飯
うな重（じゅう）
unajuu

烏龍麵
うどん
udon

拉麵
ラーメン
raamen

手捲
手巻（てま）き
temaki

豬排飯
カツ丼（どん）
katsudon

梅花套餐
梅定食（うめていしょく）
ume teeshoku

A套餐
Aコース
ee koosu

那個
それ
sore

我要＿＿＿＿＿＿。

料理＋にします。
ni shimasu

比薩
ピザ
piza

義大利麵
スパゲッティ
supagetti

燒賣
シューマイ
shuumai

烤肉
焼(や)き肉(にく)
yaki-niku

韓國泡菜
キムチ
kimuchi

印度咖哩
インドカレー
indo-karee

北京烤鴨
北京(ペキン)ダック
pekin-dakku

牛排
ステーキ
suteeki

三明治
サンドイッチ
sandoicchi

蛋包飯
オムライス
omu-raisu

那個
それ
sore

咖哩飯
カレーライス
karee-raisu

8 要飲料 MP3 2-13

烏龍茶
ウーロン茶（ちゃ）
uuron-cha

紅茶
紅茶（こうちゃ）
koocha

咖啡
コーヒー
koohii

濃縮咖啡
エスプレッソ
esupuresso

檸檬茶
レモンティー
remon-tii

冰紅茶
アイスティー
aisu-tii

檸檬汽水
レモンサイダー
remon-saidaa

可樂
コーラ
koora

飲料呢？

Q: お飲（の）み物（もの）は？
o-nomimono wa

給我＿＿＿＿。

A: 飲料＋をください。
o kudasai

柳橙汁
オレンジジュース
orenji-juusu

卡布奇諾
カプチーノ
kapuchiino

奶茶
ミルクティー
miruku-tii

七喜
セブンアップ
sebunappu

咖啡歐雷
カフェオレ
kafe-ore

可可亞
ココア
kokoa

您要甜點嗎？

Q: デザートはいかがですか？

dezaato wa ikaga desuka

給我 ______ 。

A: 甜點＋をください。

o kudasai

布丁
プリン
purin

蛋糕
ケーキ
keeki

聖代
パフェ
pafe

冰淇淋
アイスクリーム
aisu-kuriimu

霜淇淋
ソフトクリーム
sofuto-kuriimu

日式櫻花糕點
桜餅（さくらもち）
sakura-mochi

羊羹
ようかん
yookan

紅豆蜜
あんみつ
anmitsu

三色豆沙糯米糰子
3色（さんしょく）おはぎ
sanshoku-ohagi

例句

飲料跟餐點一起上，還是飯後送？

お飲(の)み物(もの)は食事(しょくじ)と一緒(いっしょ)ですか。食後(しょくご)ですか。

o-nomi-mono wa shokuji to issho desuka. shokugo desuka

請飯後再上。

食後(しょくご)にお願(ねが)いします。

shokugo ni onegai shimasu

麻煩一起送來。

一緒(いっしょ)にお願(ねが)いします。

issho ni onegai shimasu

要附奶精跟砂糖嗎？

ミルクと砂糖(さとう)はつけますか。

miruku to satoo wa tsukemasuka

麻煩只要砂糖就好。

砂糖(さとう)だけ、お願(ねが)いします。

satoo dake, onegai shimasu

要幾個杯子？

グラスはいくつですか。

gurasu wa ikutsu desuka

我的旅遊小筆記

9 我們各付各的

 2-14

例句

麻煩結帳。
お勘定（かんじょう）をお願（ねが）いします。
okanjoo o onegai shimasu

我們各付各的。
別々（べつべつ）でお願（ねが）いします。
betsubetsu de onegai shimasu

請一起結帳。
一緒（いっしょ）でお願（ねが）いします。
issho de onegai shimasu

這張信用卡能用嗎？
このカードは使（つか）えますか。
kono kaado wa tsukaemasuka

我要刷卡。
カードでお願（ねが）いします。
kaado de onegai shimasu

給你一萬日圓。
一万円（いちまんえん）でお願（ねが）いします。
ichiman-en de onegai shimasu

謝謝您的招待。
ご馳走様（ちそうさま）でした。
gochisoosama deshita

真是好吃。
おいしかったです。
oishikatta desu

好用單字

點菜	費用	現金	付錢
注文（ちゅうもん）	費用（ひよう）	現金（げんきん）	払（はら）う
chuumon	hiyoo	genkin	harau
信用卡	收銀台	服務費	零錢
クレジットカード	レジ	サービス料（りょう）	おつり
kurejitto-kaado	reji	saabisu-ryoo	otsuri

1 我坐電車

MP3 2-15

我想到＿＿＿＿。

場所＋までいきたいです。

made ikitai desu

新宿
しんじゅく
新宿
shinjuku

東京鐵塔
とうきょう
東京タワー
tookyoo-tawaa

（補）

東京晴空塔
とうきょう
東京スカイツリー
tookyoo- sukaiturii

東京灣
とうきょうわん
東京湾
tookyoo-wan

台場
だい ば
お台場
o-daiba

淺草
あさくさ
浅草
asakusa

富士電視
フジテレビ
fuji-terebi

澀谷車站
しぶ や えき
渋谷駅
shibuya-eki

原宿車站
はらじゅくえき
原宿駅
harajuku-eki

上野
うえ の
上野
ueno

青山一丁目
あおやまいっちょう め
青山一丁目
aoyama-icchoome

銀座
ぎん ざ
銀座
ginza

六本木
ろっぽん ぎ
六本木
ropponngi

羽田
はね だ
羽田
haneda

品川
しながわ
品川
shinagawa

例句

下一班電車幾點？

次(つぎ)の電車(でんしゃ)は何時(なんじ)ですか。

tsugi no densha wa nanji desuka

秋葉原車站會停嗎？

秋葉原駅(あきはばらえき)にとまりますか。

akihabara-eki ni tomarimasuka

在品川車站換車嗎？

品川駅(しながわえき)で乗(の)り換(か)えますか。

shinagawa-eki de norikaemasuka

下一站哪裡？

次(つぎ)の駅(えき)はどこですか。

tsugino eki wa doko desuka

在哪裡換車？

どこで乗(の)り換(か)えますか。

doko de norikaemasuka

這輛電車往東京嗎？

この電車(でんしゃ)は、東京(とうきょう)に行(い)きますか。

kono densha wa, tookyoo ni ikimasuka

想去赤板。

赤坂(あかさか)まで行(い)きたいです。

akasaka made iki tai desu

在哪裡下車好呢？

どこで降(お)りればいいですか。

doko de orireba ii desuka

好用單字

車子

車(くるま)

kuruma

新幹線

新幹線(しんかんせん)

shinkansen

電車

電車(でんしゃ)

densha

公車

バス

basu

三輪車

三輪車(さんりんしゃ)

sanrinsha

連絡船

連絡船(れんらくせん)

renraku-sen

計程車
タクシー
takushii

警車
パトカー
patokaa

消防車
しょうぼうしゃ
消防車
shooboosha

機車
バイク
baiku

腳踏車
じてんしゃ
自転車
jitensha

貨車
トラック
torakku

船
ふね
船
fune

遊艇
フェリー
ferii

飛機
ひこうき
飛行機
hikooki

直昇機
ヘリコプター
herikoputaa

小船
ボート
booto

單軌電車
モノレール
monoreeru

2 我坐公車

MP3 2-16

例句

公車站在哪裡？
バス停（てい）はどこですか。
basutee wa doko desuka

這台公車去東京車站嗎？
このバスは東京駅（とうきょうえき）へ行（い）きますか。
kono basu wa tookyoo-eki e ikimasuka

有往澀谷嗎？
渋谷（しぶや）へは行（い）きますか。
shibuya e wa ikimasuka

幾號公車能到？
何番（なんばん）のバスが行（い）きますか。
nanban no basu ga ikimasuka

東京車站在第幾站？
東京駅（とうきょうえき）はいくつ目（め）ですか。
tookyoo-eki wa ikutume desuka

在哪裡下車呢？
どこで降（お）りたらいいですか。
doko de oritara ii desuka

到了請告訴我。
着（つ）いたら教（おし）えてください。
tsuitara oshiete kudasai

多少錢？
いくらですか。
ikura desuka

一千塊日幣可以嗎？
千円札（せんえんさつ）でいいですか。
senen-satsu de ii desuka

小孩多少錢？
こどもはいくらですか。
kodomo wa ikura desuka

好用單字

路線圖 路線図（ろせんず） rosenzu	往 行（い）き iki	乘車券 乗車券（じょうしゃけん） jooshaken	門 ドア doa
下一站 次（つぎ） tsugi	博愛座 優先席（ゆうせんせき） yuusen-seki	吊環 つり革（かわ） tsuri-kawa	搖晃 揺（ゆ）れる yureru

3 我坐計程車

MP3 2-17

請到 ＿＿＿＿ 。

場所＋までおいします。
made onegai shimasu

王子飯店 プリンスホテル purinsu hoteru	上野車站 上野駅（うえのえき） ueno-eki	這裡(拿紙給對方看) ここ（紙（かみ）を見（み）せる） koko kami o miseru
成田機場 成田空港（なりたくうこう） narita-kuukoo	六本木hills 六本木（ろっぽんぎ）ヒルズ roppongi-hiruzu	國立博物館 国立博物館（こくりつはくぶつかん） kokuritsu-hakubutsukan

例句

到那裡要花多少時間？
そこまでどれくらいかかりますか。
soko made dorekurai kakarimasuka

路上塞車嗎
道（みち）は、混（こ）んでいますか。
michi wa, konde imasuka

請向右轉。
右（みぎ）に曲（ま）がってください。
migi ni magatte kudasai

前面右轉。
その先（さき）を右（みぎ）へ。
sono saki o migi e

請在第三個轉角左轉。
三（みっ）つ目（め）の角（かど）を左（ひだり）へ曲（ま）がってください。
mittsu-me no kado o hidari e magatte kudasai

請直走。
まっすぐ行（い）ってください。
massugu itte kudasai

這裡就可以了。
ここでいいです。
koko de iidesu

請在那裡停車。
そこで停（と）めてください。
soko de tomete kudasai

4 我要租車子

2-18

例句

我想租車。
車(くるま)を借(か)りたいです。
kuruma o karitai desu

小型車比較好。
小型(こがた)の車(くるま)がいいです。
kogata no kuruma ga ii desu

我想租那一部車。
あちらの車(くるま)を借(か)りたいです。
achira no kuruma o kari tai desu

保證金多少？
保証金(ほしょうきん)はいくらですか。
hoshookin wa ikura desuka

有保險嗎？
保険(ほけん)はついていますか。
hoken wa tsuite imasuka

一天多少租金？
一日(いちにち)いくらですか。
ichinichi ikura desuka

車子故障了。
車(くるま)が故障(こしょう)しました。
kuruma ga koshoo shimashita

這台車還你。
この車(くるま)を返(かえ)します。
kono kuruma o kaeshimasu

傍晚還車。
夕方(ゆうがた)に返(かえ)します。
yuugata ni kaeshimasu

我要還車。
車(くるま)を返却(へんきゃく)します。
kuruma o henkyaku shimasu

好用單字

租車	レンタカー	rentakaa
國際駕駛執照	国際運転免許証(こくさいうんてんめんきょしょう)	kokusai-unten menkyo shoo
契約書	契約書(けいやくしょ)	keeyakusho
破胎	パンク	panku
注意	注意(ちゅうい)	chuui
安全開車	安全運転(あんぜんうんてん)	anzen-unten
聯絡處	連絡先(れんらくさき)	renraku-saki
備胎	スペアタイヤ	supea-taiya

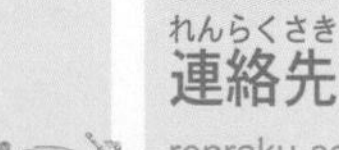

5 糟糕！我迷路了 MP3 2-19

例句

我迷路了。
道（みち）に迷（まよ）いました。
michi ni mayoi mashita

請告訴我車站怎麼走？
駅（えき）への道（みち）を教（おし）えてください。
eki eno michi o oshiete kudasai

對不起，可以請教一下嗎？
すみませんが、ちょっと教（おし）えてください。
sumimasen ga,chotto oshiete kudasai

上野車站在哪裡？
上野駅（うえのえき）はどこですか。
ueno-eki wa doko desuka

新宿要怎麼走呢？
新宿（しんじゅく）は、どう行（い）けばいいですか。
shinjuku wa, doo ikeba ii desuka

請沿這條路直走。
この道（みち）をまっすぐ行（い）ってください。
kono michi o massugu itte kudasai

請在下一個紅綠燈右轉。
次（つぎ）の信号（しんごう）を右（みぎ）に曲（ま）がってください。
tsugi no shingoo o migi ni magatte kudasai

上野車站在左邊。
上野駅（うえのえき）は左側（ひだりがわ）にあります。
ueno-eki wa hidarigawa ni arimsu

南邊是哪一邊？
南（みなみ）はどちらですか。
minami wa dochira desuka

嗎？

名詞＋は＋形容詞＋ですか？
wa desuka

車站／遠
駅（えき）／遠（とお）い
eki tooi

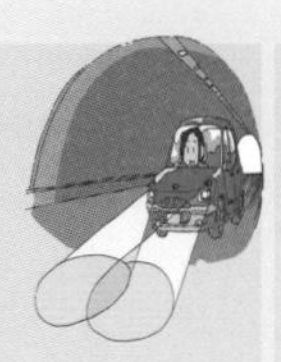

那裡／近
そこ／近（ちか）い
soko chikai

那條道路／寬廣
その道（みち）／広（ひろ）い
sono michi hiroi

前往方式／困難
行（い）き方（かた）／難（むずか）しい
iki-kata muzukashii

道路／容易辨認
道（みち）／わかりやすい
michi wakari yasui

1 我想看慶典 MP3 2-20

想＿＿＿。

名詞(を…)+動詞+たいです。
o　　　　tai desu

煙火／看
はなび　み
花火を／見
hanabi o mi

慶典／看
まつり　み
お祭を／見
omatsuri o mi

迪士尼樂園／去
い
ディズニーランドへ／行き
dizuniirando e iki

在游泳池／游泳
およ
プールで／泳ぎ
puuru de o yogi

往山上／去
やま　い
山へ／行き
yama e iki

日本料理／吃
にほんりょうり　た
日本料理を／食べ
nihon-ryoori o tabe

購物
か　もの
買い物を／し
kai-mono o shi

例句

請給我地圖
ちず
地図をください。
chizu o kudasai

博物館現在有開嗎？
はくぶつかん　いま あ
博物館は今開いていますか。
hakubutsukan wa ima aite imasuka

這裡可以買票嗎？
か
ここでチケットは買えますか。
koko de chiketto wa kaemasuka

名產店在哪裡？
ものてん
みやげ物店はどこにありますか。
miyagemono-ten wa doko ni arimasuka

近代美術館在哪裡？
きんだい びじゅつかん
近代美術館はどこですか。
kindai-bijutsukan wa doko desuka

有沒有什麼好玩的地方呢？
おもしろ
なにか面白いところはありますか。
nanika omoshiroi tokoro wa arimasuka

有壯麗的寺廟嗎？
てら
きれいなお寺はありますか。
kiree na o-tera wa arimasuka

請推薦一下飯店。
しょうかい
ホテルを紹介してください。
hoteru o shookai shite kudasai

2 我想看名勝 MP3 2-21

我要______。

名詞＋がいいです。
ga ii desu

歷史巡遊
れきし
歴史めぐり
rekishi-miguri

美術館巡遊
びじゅつかん
美術館めぐり
bijutsukan-meguri

名勝巡遊
めいしょ
名所めぐり
meesho-meguri

一日行程
いちにち
一日コース
ichinichi koosu

半天行程
はんにち
半日コース
hannichi-koosu

下午行程
ごご
午後コース
gogo koosu

例句

有附餐嗎？
しょくじ　つ
食事は付きますか。
shokuji wa tsukimasuka

幾點出發？
しゅっぱつ　なんじ
出発は何時ですか。
shuppatsu wa nanji desuka

幾點回來？
なんじ　もど
何時に戻りますか。
nanji ni modorimasuka

在哪裡集合呢？
あつ
どこに集まればいいですか。
doko ni atsumareba ii desuka

有中文導遊嗎？
ちゅうごくご
中国語のガイドはいますか。
chuugoku-go no gaido wa imasuka

有英文導遊嗎？
えいご
英語のガイドはいますか。
eego no gaido wa imasuka

要到什麼地方呢？
い
どんなところに行きますか。
donna tokoro ni ikimasuka

哪個有趣呢？
おもしろ
どれが面白いですか。
dore ga omoshiroi desuka

3 這裡可以拍照嗎？ MP3 2-22

可以＿＿＿嗎？

名詞＋を＋動詞＋もいいですか。
o　　mo ii desuka

相照
しゃしん　と
写真／撮って
shashin totte

煙 抽
す
タバコ／吸って
tabako sutte

箱子 打開
はこ　あ
箱／開けて
hako akete

這個 觸摸
さわ
これ／触って
kore sawatte

聲音 放出
こえ　だ
声／出して
koe dashite

V8 拍攝
と
ビデオ／撮って
bideo totte

例句

可以幫我拍照嗎？
しゃしん　と
写真を撮っていただけますか。
shashin o totte itadakemasuka

只要按這裡就行了。
お
ここを押すだけです。
koko o osu dake desu

可以一起照張相嗎？
いっしょ　しゃしん　と
一緒に写真を撮ってもいいですか。
issho ni shashin o tottemo ii desuka

麻煩再拍一張。
いちまい　ねが
もう一枚お願いします。
moo ichimai onegai shimasu

請把那個一起拍進去。
いっしょ　と
あれと一緒に撮ってください。
are to isho ni totte kudasai

4 這建築物真棒 MP3 2-23

＿＿＿＿啊！

形容詞＋名詞＋ですね。
desune

很棒的 畫
すてき　え
素敵な／絵
suteki na e

很漂亮的 和服
きれい　きもの
綺麗な／着物
kiree na kimono

雄偉的 雕刻
りっぱ　ちょうこく
立派な／彫刻
rippa na chookoku

大的 雕像
おお　ぞう
大きな／像
ooki na zoo

很棒的 建築物
たてもの
すごい／建物
sugoi tatemono

很棒的 作品
さくひん
すばらしい／作品
subarasii sakuhin

美麗的 陶瓷器皿
うつく　とうき
美しい／陶器
utsukushii tooki

例句

入場費多少？
にゅうじょうりょう
入場料はいくらですか。
nyuujooryoo wa ikura desuka

有館內導遊服務嗎？
かんない
館内ガイドはいますか。
kannai gaido wa imasuka

幾點休館？
なんじ　へいかん
何時に閉館ですか。
nanji ni heekan desuka

小孩多少錢？
こどもはいくらですか。
kodomo wa ikura desuka

有中文說明嗎？
ちゅうごくご　せつめい
中国語の説明はありますか。
chuugokugo no setsumee wa arimasuka

我要風景明信片。
え は がき
絵葉書がほしいです。
e-hagaki ga hoshii desu

5 給我大人二張 MP3 2-24

給我＿＿＿。

ねが
名詞+数量+お願いします。
onegai shimasu

成人／兩張
おとな　にまい
大人／二枚
otona nimai

學生／一張
がくせい　いちまい
学生／一枚
gakusee ichimai

小孩／兩張
にまい
こども／二枚
kodomo nimai

中學生／三張
ちゅうがくせい　さんまい
中学生／三枚
chuugakusee sanmai

大人／十張
おとな　じゅうまい
大人／十枚
otona juumai

例句

售票處在哪裡？
う　ば
チケット売り場はどこですか。
chiketto uriba wa doko desuka

學生有折扣嗎？
がくせいわりびき
学生割引はありますか。
gakusee waribiki wa arimasuka

我要一樓的位子。
いっかい　せき
１階の席がいいです。
ikkai no seki ga ii desu

有沒有更便宜的座位。
やす　せき
もっと安い席はありますか。
motto yasui seki wa arimasuka

坐哪個位子比較好觀看呢？
せき　み
どの席が見やすいですか。
dono seki ga miyasui desuka

一張多少錢？
いちまい
一枚いくらですか。
ichimai ikura desuka

請給我三張。
さんまい
三枚ください。
sanmai kudasai

麻煩學生一張。
がくせいいちまい　ねが
学生一枚、お願いします。
gakusee ichimai onegai shimasu

6 我想聽演唱會 MP3 2-25

我想看＿＿＿。

名詞＋を見(み)たいです。

o mitai desu

音樂會	コンサート	konsaato
電影	映画(えいが)	eega
歌劇	オペラ	opera
歌舞伎	歌舞伎(かぶき)	kabuki

例句

目前受歡迎的電影是哪一部？
今(いま)、人気(にんき)のある映画(えいが)は何(なん)ですか。
ima,ninki no aru eega wa nan desuka

會上映到什麼時候？
いつまで上演(じょうえん)していますか。
itsumade jooen shite imasuka

下一場幾點上映？
次(つぎ)の上映(じょうえい)は何時(なんじ)ですか。
tsugi no jooee wa nanji desuka

幾分前可以進場？
何分前(なんぷんまえ)に入(はい)りますか。
nanpun-mae ni hairimasuka

芭蕾舞幾點開演？
バレエの上演(じょうえん)は何時(なんじ)ですか。
baree no jooen wa nanzi desuka

中間有休息嗎？
休憩(きゅうけい)はありますか。
kyuukee wa arimasuka

裡面可以喝果汁飲料嗎？
中(なか)でジュースを飲(の)んでいいですか。
naka de juusu o nonde ii desuka

7 唲卡拉OK去囉 MP3 2-26

□多少？

数量＋いくらですか。

ikura desuka

一小時	一個人	30分鐘	小孩／一個人	果汁／一瓶
一時間（いちじかん）	一人（ひとり）	30分（さんじゅっぷん）	こども／一人（ひとり）	ジュース／一つ（ひと）
ichijikan	hitori	sanjuppun	kodomo hitori	juusu hitotsu

例句

去唱卡拉OK吧！

カラオケに行（い）きましょう。

karaoke ni ikimashoo

基本消費多少？

基本料金（きほんりょうきん）はいくらですか。

kihon-ryookin wa ikuradesuka

可以延長嗎？

延長（えんちょう）はできますか。

enchoo wa dekimasuka

遙控器如何使用？

リモコンはどうやって使（つか）いますか。

rimokon wa dooyatte tsukaimasuka

有什麼歌曲？

どんな曲（きょく）がありますか。

donna kyoku ga arimasuka

我唱鄧麗君的歌。

私（わたし）は、テレサ・テンを歌（うた）います。

watashi wa teresa-ten o utaimasu

我想唱SMAP的歌。

SMAPの歌（うた）を歌（うた）いたいです。

smap no uta o utai tai desu

一起唱吧!

一緒（いっしょ）に歌（うた）いましょう。

issho ni utaimashoo

接下來唱什麼歌？

次（つぎ）はなににしますか。

tsugi wa nani ni shimasuka

8 幫我算個命

MP3 2-27

＿＿的＿＿如何？

時間＋の＋名詞はどうですか。

no

wa doo desuka

今年／運勢
ことし　うんせい
今年／運勢
kotoshi unsee

明年／財運
らいねん　きんせんうん
来年／金銭運
rainen kinsen-un

這個月／工作運
こんげつ　しごとうん
今月／仕事運
kongetsu shigoto-un

這星期／愛情運勢
こんしゅう　あいじょううん
今週／愛情運
konshuu aijoo-un

下星期／愛情運
らいしゅう　れんあいうん
来週／恋愛運
raishuu renai-un

例句

我出生於1972年9月18日
せんきゅうひゃくななじゅうにねんくがつじゅうはちにち う
1972年9月18日生まれです。
sen kyuuhyaku nanajuu ni nen kugatu juuhachinichi umaredesu

請幫我看看和男朋友合不合。
こいびと　あいしょう　み
恋人との相性を見てください。
koibito tono aishoo o mite kudasai

什麼時候會遇到白馬王子（白雪公主）？
あいて　あらわ
いつ相手が現れますか。
itsu aite ga arawaremasuka

問題能解決嗎？
もんだい　かいけつ
問題は解決しますか。
mondai wa kaiketsu shimasuka

可能結婚嗎？
けっこん
結婚できるでしょうか。
kekkon dekiru deshooka

幾歲犯太歲？
やくどし　なんさい
厄年は何歳ですか。
yaku-doshi wa nansai desuka

我是雞年生的。
わたし　とりどし
私は酉年です。
watashi wa toridoshi desu

可以買護身符嗎？
まも　か
お守りを買えますか。
omamori o kaemasuka

9 這附近有啤酒屋嗎？ MP3 2-28

附近有＿＿＿嗎？

ちか
近くに＋場所＋はありますか。
chikaku ni　wa arimasuka

酒吧
バー
baa

夜店
ナイトクラブ
naito-kurabu

爵士酒吧
ジャズクラブ
jazu-kurabu

酒店
クラブ
kurabu

一杯小酒店
いっぱい の　や
一杯飲み屋
ippai nomi-ya

居酒屋
いざかや
居酒屋
izakaya

日式傳統料理店
りょうてい
料亭
ryootee

壽司店
や
すし屋
sushi-ya

路邊攤
やたい
屋台
yatai

啤酒屋
ビヤホール
biyahooru

給我＿＿＿＿。

名詞をください。
o kudasai

雞尾酒
カクテル
kakuteru

啤酒
ビール
biiru

紅葡萄酒
赤(あか)ワイン
aka-wain

白葡萄酒
白(しろ)ワイン
shiro-wain

日本清酒
日本酒(にほんしゅ)
nihon-shu

威士忌
ウィスキー
uisukii

白蘭地
ブランデー
burandee

香濱
シャンペン
shanpen

薑汁汽水
ジンジャーエール
zinjaaeeru

小酒菜
おつまみ
otsumami

例句

女性要2000日圓。

女性(じょせい)は2000円(にせんえん)です。

josee wa nisenen desu

音樂不錯呢。

音楽(おんがく)がいいですね。

ongaku ga ii desune

要什麼下酒菜？

おつまみは何(なに)がいいですか。

otsumami wa nani ga ii desuka

喜歡聽爵士樂。

ジャズを聴(き)くのが好(す)きです。

jazu o kiku noga suki desu

演奏什麼曲子？

どんな曲(きょく)をやっていますか。

donna kyoku o yatte imasuka

來吧！乾杯！

乾杯(かんぱい)しましょう。

kanpai shimashoo

喝葡萄酒吧！

ワインを飲(の)みましょうか。

wain o nomimashooka

點菜可以點到幾點？

ラストオーダーは何時(なんじ)ですか。

rasutooodaa wa nanji desuka

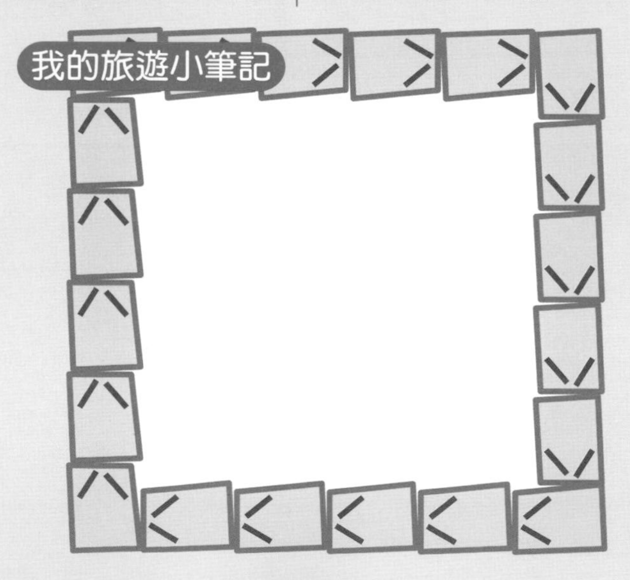

10 哇！全壘打

MP3 2-29

例句

今天有巨人的比賽嗎？

今日(きょう)は巨人(きょじん)の試合(しあい)がありますか。

kyoo wa kyojin no shiai ga arimasuka

哪兩隊的比賽？

どこ対(たい)どこの試合(しあい)ですか。

doko tai doko no shiai desuka

請給我兩張一壘方面的座位。

一塁側(いちるいがわ)の席(せき)を2枚(にまい)ください。

ichirui-gawa no seki o nimai kudasai

可以坐這裡嗎？

ここに座(すわ)ってもいいですか。

koko ni suwattemo ii desuka

請簽名。

サインをください。

sain o kudasai

你知道那位選手嗎？

あの選手(せんしゅ)を知(し)っていますか。

ano senshu o shitte imasuka

他很有人氣嘛！

彼(かれ)は、人気(にんき)がありますね。

kare wa ninki ga arimasune

啊！全壘打！

あ、ホームランになりました。

a,hoomuran ni narimashita

喝杯啤酒吧！

ビールを飲(の)みましょう。

biiru o nomimashoo

教練	三振	夜間棒球賽
監督(かんとく)	三振(さんしん)	ナイター
kantoku	sanshin	naitaa

好用單字

棒球場
野球場(やきゅうじょう)
yakyuu-joo

投手
ピッチャー
picchaa

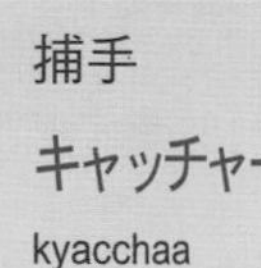

捕手
キャッチャー
kyacchaa

打者
バッター
battaa

盜壘
盗塁(とうるい)
toorui

全壘打
ホームラン
hoomuran

1 我要一條裙子 MP3 2-30

在找＿＿＿。

衣服＋を探(さが)しています。
o sagashite imasu

西裝
スーツ
suutsu

連身裙
ワンピース
wanpiisu

裙子
スカート
sukaato

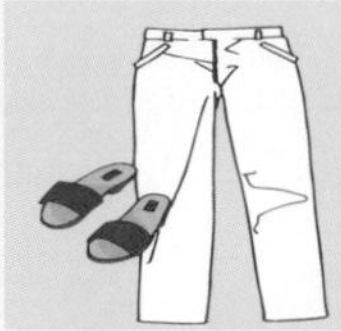

褲子
ズボン
zubon

牛仔褲
ジーンズ
ziinzu

T恤
Tシャツ
t shatsu

輕便襯衫
カジュアルなシャツ
kajuaru na shatsu

Polo襯衫
ポロシャツ
poro-shatsu

女用襯衫
ブラウス
burausu

毛衣
セーター
seetaa

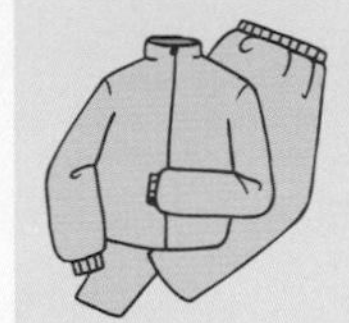

夾克
ジャケット
jaketto

外套
コート
kooto

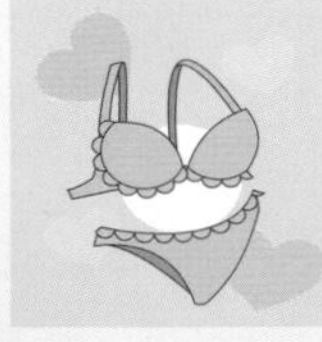

內衣
下着(したぎ)
shitagi

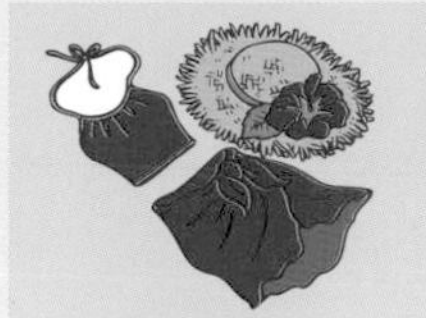

游泳衣

水着（みずぎ）

mizugi

背心

ベスト

besuto

領帶

ネクタイ

nekutai

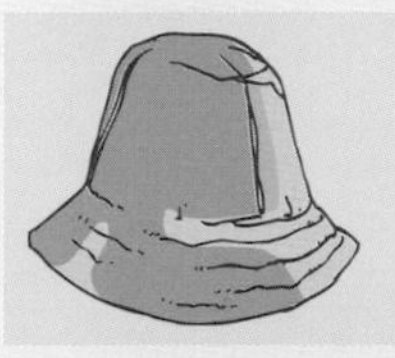

帽子

帽子（ぼうし）

booshi

襪子

ソックス

sokkusu

太陽眼鏡

サングラス

san-gurasu

例句

婦女服飾賣場在哪裡？

婦人服売り場（ふじんふくうりば）はどこですか。

fujinfuku uriba wa doko desuka

這個如何？

こちらはいかがですか。

kochira wa ikaga desuka

這條褲子如何？

このズボンはどうですか。

kono zubon wa doo desuka

有大號的嗎？

大（おお）きいサイズはありますか。

ookii saizu wa arimasuka

想要棉製品的。

綿（めん）のがほしいです。

men noga hoshii desu

可以用洗衣機洗嗎？

洗濯機（せんたくき）で洗（あら）えますか。

sentakuki de araemasuka

蠻耐穿的樣子嘛！

丈夫（じょうぶ）そうですね。

joobu soo desune

顏色不錯嘛！

いい色（いろ）ですね。

ii iro desune

2 可以試穿一下嗎？ MP3 2-31

試穿	戴戴看
試着（しちゃく）して shichakushite	かぶってみて kabutte mite
摸	配戴看看
触（さわ）って sawatte	つけてみて tsukete mite
套套看	
ちょっとはおって chotto haotte	

可以＿＿嗎？

動詞＋もいいですか。
mo ii desuka

例句

那個讓我看一下。
それを見（み）せてください。
sore o misete kudasai

有點小呢。
ちょっと小（ちい）さいですね。
chotto chiisai desune

有沒有白色的。
白（しろ）いのはありませんか。
shiroi no wa arimasenka

這是麻嗎？
これは麻（あさ）ですか。
kore wa asa desuka

需要乾洗嗎？
洗濯（せんたく）はドライですか。
sentaku wa dorai desuka

我要紅的。
赤（あか）いのがほしいです。
akai noga hoshii desu

太花俏了。
ちょっと派手（はで）ですね。
chotto hade desune

有沒有再柔軟一些的？
もう少（すこ）し柔（やわ）らかいのはないですか。
moo sukoshi yawarakai nowa nai desuka

那個也讓我看看。
そちらも見（み）せてください。
sochira mo misete kudasai

啊呀！這個不錯嘛！
ああ、これはいいですね。
aa,kore wa ii desune

我喜歡。
気（き）に入（い）りました。
ki ni irimashita

3 我要這一件

MP3 2-32

例句

有點長。
ちょっと長(なが)いです。
chotto nagai desu

長度可以改短一點嗎？
丈(たけ)をつめられますか。
take o tsumeraremasuka

顏色不錯呢。
色(いろ)がいいですね。
iro ga ii desune

非常喜歡。
とても気(き)に入(い)りました。
totemo ki ni irimashita

我要這個。
これにします。
kore ni shimasu

我要買。
決(き)めました。
kimemashita

我買這個。
これをいただきます。
kore o itadakimasu

請給我紅色的。
赤(あか)いほうをください。
akai hoo o kudasai

請幫我改一下袖子的長度。
袖(そで)の長(なが)さを直(なお)してほしいです。
sode no nagasa o naoshite hoshii desu

好用單字

白色
白(しろ)
shiro

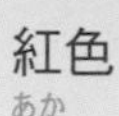
紅色
赤(あか)
aka

黑色
黒(くろ)
kuro

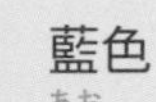
藍色
青(あお)
ao

綠色
みどり
緑
midori

黃色
き いろ
黄色
kiiro

褐色
ちゃいろ
茶色
chairo

灰色
グレー
guree

粉紅色
ピンク
pinku

橘黃色
いろ
オレンジ色
orenzi-iro

紫色
むらさき
紫
murasaki

水藍色
みずいろ
水色
mizuiro

條紋
ストライプ
sutoraipu

格子
チェック
chekku

花卉圖案
はな も よう
花模様
han-moyoo

沒有花紋
む じ
無地
muzi

水珠花樣
みずたま
水玉
mizutama

鞋子尺寸比較

台灣	4 1/2	5	5 1/2	6	6 1/2	7	7 1/2	8	8 1/2	9	9 1/2	10	10 1/2
日本	22	22.5	23	23.5	24	24.5	25	25.5	26	26.5	27	27.5	28

4 我要買涼鞋 MP3 2-33

想要＿＿＿。

鞋子＋がほしいです。
ga hoshii desu

輕便運動鞋
スニーカー
suniikaa

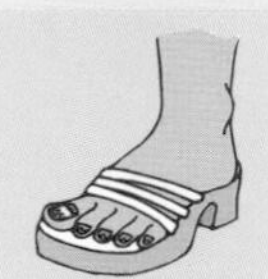
涼鞋
サンダル
sandaru

無帶淺口有跟女鞋
パンプス
panpusu

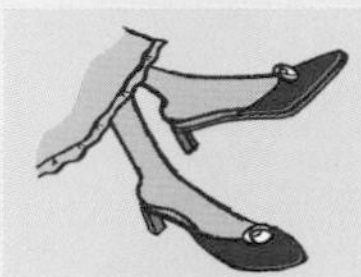
無後跟的女鞋
ミュール
myuuru

高跟鞋
ハイヒール
haihiiru

短馬靴
ショートブーツ
shooto-buutsu

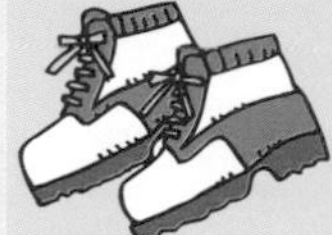
登山鞋
トレッキングシューズ
torekkingu-shuuzu

靴子	網球鞋	木屐
ブーツ	テニスシューズ	下駄（げた）
buutsu	tenisu-shuuzu	geta

太＿＿＿。

形容詞＋すぎます。
sugimasu

大	小	長	短	緊	鬆	高	低
大（おお）き	小（ちい）さ	長（なが）	短（みじか）	きつ	ゆる	高（たか）	低（ひく）
ooki	chiisa	naga	mijika	kitsu	yuru	taka	hiku

5 就給我這一雙 MP3 2-34

我要＿＿＿的。

形容詞の（なの）+がいいです。
no (nano) ga ii desu

牢固、堅固	鞋跟很高	咖啡色
丈夫（じょうぶ）	ヒールが高い（たか）	茶色い（ちゃいろ）
joobu	hiiru ga takai	chairoi

小	亮晶晶	白色	黑
小さい（ちい）	ぴかぴか	白い（しろ）	黒い（くろ）
chiisai	pikapika	shiroi	kuroi

例句

有點緊。
ちょっときついです。
chotto kitsui desu

最受歡迎的是哪一雙？
一番人気（いちばんにんき）なのはどれですか。
ichiban ninki nano wa dore desuka

鞋帶可以調整的。
ひもを調整（ちょうせい）できます。
himo o choosee dekimasu

這是現在流行的款式。
これが今（いま）はやりです。
kore ga ima hayari desu

蠻好走路的。
歩（ある）きやすいですね。
aruki yasui desune

鞋跟太高了。
ヒールが高（たか）すぎます。
hiiru ga taka sugimasu

請給我這一雙。
これをください。
kore o kudasai

我決定買這一雙。
これに決（き）めました。
kore ni kimemashita

6 我要買土產送人 MP3 2-35

給我＿＿＿＿。

数量＋ください。
kudasai

一個	一張	一條	一個	一台	一本（書）
一つ（ひと）	一枚（いちまい）	一本（いっぽん）	一個（いっこ）	一台（いちだい）	一冊（いっさつ）
hitotsu	ichimai	ippon	ikko	ichidai	issatsu

例句

有沒有適合送人的名產？
お土産（みやげ）にいいのはありますか。
omiyage ni ii no wa arimasuka

哪一個較受歡迎？
どれが人気（にんき）ありますか。
dore ga ninki arimasuka

有招財貓嗎？
招（まね）き猫（ねこ）がありますか。
maneki-neko ga arimasuka

請給我這饅頭。
この饅頭（まんじゅう）をください。
kono manjuu o kudasai

請包漂亮一點。
きれいに包（つつ）んでください。
kiree ni tsutsunde kudasai

你認為哪個好呢？
どれがいいと思（おも）いますか。
dore ga ii to omoimasuka

這點心看起來很好吃。
このお菓子（かし）はおいしそうです。
kono okashi wa oishi soo desu

給我同樣的東西8個。
同（おな）じものを八（やっ）つください。
onaji mono o yattsu kudasai

請分開包裝。
別々（べつべつ）に包（つつ）んでください。
betsubetsu ni tsutsunde kudasai

7 便宜點啦

MP3 2-36

請 ________ 。

形容詞＋してください。
shite kudasai

便宜	快	（弄）小
安(やす)く yasuku	早(はや)く hayaku	小(ちい)さく chiisaku

（弄）好提	（弄）漂亮	再便宜一些
持(も)ちやすく mochi yasuku	きれいに kiree ni	もう少(すこ)し安(やす)く moo sukoshi yasuku

例句

太貴了。
高(たか)すぎます。
takasugimasu

2000日圓就買。
2000円(にせんえん)なら買(か)います。
nisenen nara kaimasu

最好是1萬日圓以內的東西。
1万円(いちまんえん)以内(いない)の物(もの)がいいです。
ichimanen inai no mono ga ii desu

那麼就不需要了。
それでは、いりません。
soredewa,irimasen

可以打一些折扣嗎？
少(すこ)しまけてもらえませんか。
sukoshi makete moraemasenka

貴了一些。
ちょっと高(たか)いですね。
chotto takai desune

預算不足。
予算(よさん)が足(た)りません。
yosan ga tarimasen

我會再來。
また来(き)ます。
mata kimasu

8 我要刷卡

MP3 2-37

要如何付款？

Q:お支払(しはら)いはどうなさいます。
oshiharai wa doo nasaimasu

麻煩我用＿＿＿。

A: 名詞+でお願(ねが)いします。
de onegai shimasu

刷卡	カード	kaado
現金	現金(げんきん)	genkin
旅行支票	トラベラーズチェック	toraberaazu-chekku
這個	これ	kore

要分幾次付款？

Q:お支払(しはら)い回数(かいすう)は？
oshiharai kaisuu wa

＿＿＿。

A: 次数+です。
desu

一次	一次付清	六次	十二次
一回(いっかい)	一括(いっかつ)	六回(ろっかい)	十二回(じゅうにかい)
ikkai	ikkatsu	rokkai	juunikai

例句

在哪裡結帳？
レジはどこですか。
reji wa doko desuka

能用這張信用卡嗎？
このカードは使(つか)えますか。
kono kaado wa tsukaemasuka

請在這裡簽名。
ここにサインをお願(ねが)いします。
koko ni sain o onegai shimasu

筆在哪裡？
ペンはどこですか。
pen wa doko desuka

在這裡簽名嗎？
サインは、ここですか。
sain wa koko desuka

這樣可以嗎？
これでいいですか。
kore de ii desuka

1 我喜歡日本漫畫 MP3 2-38

我喜歡日本的＿＿＿＿。

にほん　　　　　　す
日本の＋名詞＋が好きです。
nihon no　　ga suki desu

慶典
まつり
お祭
omatsuri

庭園
ていえん
庭園
teeen

漫畫
まんが
漫画
manga

文化
ぶんか
文化
bunka

習慣
しゅうかん
習慣
shuukan

連續劇
ドラマ
dorama

和服
きもの
着物
kimono

茶道
さどう
茶道
sadoo

花道
かどう
華道
kadoo

歌
うた
歌
uta

對日本的＿＿＿＿有興趣。

にほん　　　　　きょうみ
日本の＋名詞＋に興味があります。
nihon no　　ni kyoomi ga arimasu

文化
ぶんか
文化
bunka

經濟
けいざい
経済
keezai

藝術
げいじゅつ
芸術
geejutsu

歷史
れきし
歴史
rekishi

運動
スポーツ
supootsu

繪畫
かいが
絵画
kaiga

瓷器
とうき
陶器
tooki

自然
しぜん
自然
shizen

植物
しょくぶつ
植物
shokubutsu

演劇、戲劇
えんげき
演劇
engeki

2 到德島看阿波舞 MP3 2-39 在＿＿＿＿有慶典。

場所＋で＋慶典＋があります。
de ga arimasu

徳島阿波舞
とくしま あ わ おど
徳島／阿波踊り
tokushima awa-odori

東京神田祭
とうきょう かん だまつり
東京／神田祭
tookyoo kanda-matsuri

札幌雪祭
さっぽろ ゆきまつり
札幌／雪祭
Sapporo yuki-matsuri

青森驅魔祭
あおもり まつり
青森／ねぶた祭
aomori nebuta-matsuri

京都祇園祭
きょうと ぎおんまつり
京都／祇園祭
kyooto gion-matsuri

秋田燈籠祭
あきた かんとうまつり
秋田／竿燈祭
akita kantoo-matsuri

博多天神祭
はか た
博多／どんたく
hakata dontaku

仙台七夕祭
せんだい たなばたまつり
仙台／七夕祭
sendai tanabata-matsuri

大阪天神祭
おおさか まつり
大阪／だんじり祭
oosaka danziri-matsuri

兵庫打架祭
ひょうご まつり
兵庫／けんか祭
hyoogo kenka-matsuri

例句

是什麼樣的慶典？

どんな祭(まつり)ですか。

donna matsuri desuka

什麼時候舉行？

いつありますか。

itsu arimasuka

怎麼去？

どうやって行(い)きますか。

dooyatte ikimasuka

哪個祭典有趣？

どの祭(まつ)りが面白(おもしろ)いですか。

dono matsuri ga omoshiroi desuka

有什麼節目？

何(なに)が見(み)られますか。

nani ga miraremasuka

任何人都能參加嗎？

誰(だれ)でも参加(さんか)できますか。

dare demo sanka dekimasuka

漂亮嗎？

きれいですか。

kiree desuka

想去看看。

見(み)に行(い)きたいです。

mi ni iki tai desu

想去。

行(い)ってみたいです。

itte mi tai desu

一起去吧！

一緒(いっしょ)に行(い)きましょう。

issho ni ikimashoo

明年一起去吧！

来年(らいねん)は行(い)きましょうね。

rainen wa ikimashoone

3 日本街道好乾淨

MP3 2-40

例句

市容很乾淨。
町(まち)がきれいですね。
machi ga kiree desune

空氣很好。
空気(くうき)がいいですね。
kuuki ga ii desune

庭院的花很可愛。
庭(にわ)の花(はな)がかわいいですね。
niwa no hana ga kawaii desune

人很親切。
人(ひと)が親切(しんせつ)ですね。
hito ga shinsetsu desune

年輕人很時髦。
若者(わかもの)がおしゃれですね。
wakamono ga oshare desune

街道好乾淨喔！
道(みち)が清潔(せいけつ)ですね。
michi ga seeketsu desune

老年人好親切喔！
老人(ろうじん)が優(やさ)しいですね。
roozin ga yasashii desune

大家都好認真喔！
みんな真面目(まじめ)ですね。
minna mazime desune

女性身材都好棒喔！
女性(じょせい)はスタイルがいいですね。
josee wa sutairu ga ii desune

穿著真有品味！
ファッションがすてきですね。
fasshon ga suteki desune

男人看起來蠻溫柔喔！
男性(だんせい)が優(やさ)しそうですね。
dansee ga yasashi soo desune

小孩們很有精神喔！
こどもたちは元気(げんき)ですね。
kodomo-tachi wa genki desune

街道好熱鬧喔！
街(まち)が賑(にぎ)やかですね。
machi ga nigiyaka desune

好用單字

山
やま
山
yama

海
うみ
海
umi

河川
かわ
川
kawa

湖
みずうみ
湖
mizuumi

瀑布
たき
滝
taki

田園
でんえん
田園
denen

草原
そうげん
草原
soogen

港口
みなと
港
minato

神社
じんじゃ
神社
jinja

城
しろ
城
shiro

1 唉呀！感冒了

MP3 2-41

例句

想去看醫生。

医者（いしゃ）に行（い）きたいです。

isha ni ikitai desu

請叫醫生來。

医者（いしゃ）を呼（よ）んでください。

isha o yonde kudasai

請叫救護車。

救急車（きゅうきゅうしゃ）を呼（よ）んでください。

kyuukyuu-sha o yonde kudasai

醫院在哪裡？

病院（びょういん）はどこですか。

byooin wa doko desuka

診療時間是幾點到幾點？

診察時間（しんさつじかん）は何時（なんじ）から何時（なんじ）までですか。

shinsatsu-jikan wa nanzi kara nanzi made desuka

醫生在哪裡？

お医者（いしゃ）さんはどこですか。

o-isha-san wa doko desuka

朋友倒下去了。

友（とも）だちが倒（たお）れました。

tomodachi ga taoremashita

有點發燒。

熱（ねつ）があります。

netsu ga arimasu

身體不舒服。

気分（きぶん）が悪（わる）いです。

kibun ga warui desu

好用單字

感冒
風邪（かぜ）
kaze

心臟病
心臓病（しんぞうびょう）
shinzoo-byoo

高血壓
高血圧（こうけつあつ）
koo-ketsuatsu

糖尿病
糖尿病（とうにょうびょう）
toonyoo-byoo

胃潰瘍

いかいよう
胃潰瘍

ikaiyoo

肺炎

はいえん
肺炎

haien

花粉症

かふんしょう
花粉症

kafun-shoo

流行性感冒

インフルエンザ

infuruenza

氣喘

ぜんそく

zenzoku

盲腸炎

もうちょう ちゅうすいえん
盲腸（虫垂炎）

moochoo(chuusuien)

過敏

アレルギー

arerugii

骨折

こっせつ
骨折

kossetsu

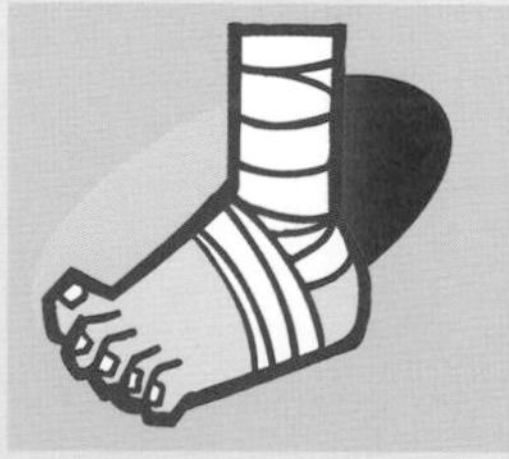

挫傷

ねんざ

menza

便秘

べんぴ
便秘

benpi

2 我有點發冷 MP3 2-42

（想）吐
吐き気（はけ）
hakike

發冷
寒気（さむけ）
samuke

怎麼了？

Q: どうしましたか？
doo shimashitaka

感到＿＿＿＿。

A: 症状＋がします。
ga shimasu

頭暈 目眩（めまい）
memai

頭疼 頭痛（ずつう）
zutsu

耳鳴 耳鳴り（みみな）
miminari

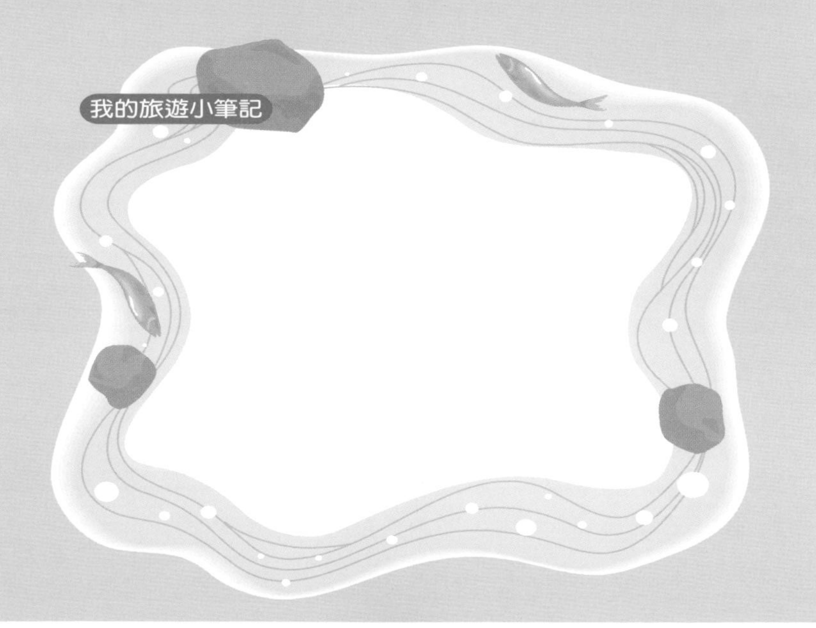

＿＿痛。

身体+が痛(いた)いです。

ga itaidesu

頭
頭(あたま)
atama

肚子
お腹(なか)
onaka

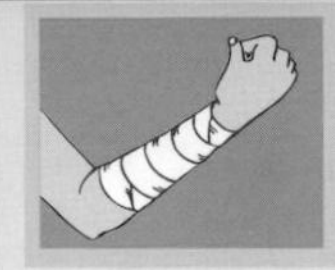

手肘
腕(うで)
ude

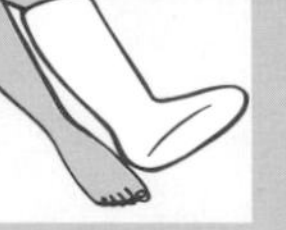

腳
足(あし)
ashi

腰部
腰(こし)
koshi

眼睛
目(め)
me

耳朵
耳(みみ)
mimi

膝蓋
ひざ
hiza

牙齒
歯(は)
ha

喉嚨
のど
nodo

例句

會咳嗽。
咳(せき)が出(で)ます。
seki ga demasu

不舒服。
気持(きも)ちが悪(わる)いです。
kimochi ga warui desu

感冒了。
風邪(かぜ)を引(ひ)きました。
kaze o hikimashita

打嗝打個不停。
しゃっくりが止(と)まりません。
shakkuri ga tomarimasen

拉肚子。
下痢(げり)をしています。
geri o shite imasu

沒有食慾。
食欲(しょくよく)がありません。
shokuyoku ga arimasen

全身無力。
だるいです。
darui desu

發燒了。
熱(ねつ)があります。
netsu ga arimasu

3 請張開嘴巴 MP3 2-43

例句

請躺下來。
横（よこ）になってください。
yoko ni natte kudasai

請深呼吸。
深呼吸（しんこきゅう）してください。
shinkokyuu shite kudasai

這裡會痛嗎？
この辺（へん）は痛（いた）いですか。
kono hen wa itai desuka

食物中毒。
食（しょく）あたりですね。
shokuatari desune

請把衣服脫掉。
服（ふく）を脱（ぬ）いでください。
fuku o nuide kudasai

感覺如何？
気分（きぶん）はどうですか。
kibun wa doo desuka

請張開嘴巴。
口（くち）を開（あ）けてください。
kuchi o akete kudasai

請讓我看看眼睛。
目（め）を見（み）せてください。
me o misete kudasai

開藥方給你。
薬（くすり）を出（だ）します。
kusuri o dashimasu

塗上藥膏。
薬（くすり）を塗（ぬ）ります。
kusuri o nurimasu

好用單字

好像發燒
熱（ねつ）っぽい
netsuppoi

很疲倦
だるい
darui

流鼻水
鼻水（はなみず）
khanamizu

打噴嚏
くしゃみ
kushami

咳嗽
せき
seki

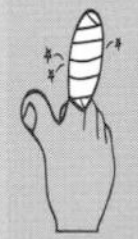

紅腫
腫（は）れる
hareru

汗
汗（あせ）
ase

疼痛
痛（いた）み
itami

痰
痰（たん）
tan

4 一天吃三次藥

MP3 2-44

例句

一天請服三次藥。
薬(くすり)は一日三回(いちにちさんかい)飲(の)んでください。
kusuri wa ichinichi sankai nonde kudasai

請在飯後服用。
食後(しょくご)に飲(の)んでください。
shokugo ni nonde kudasai

請將這個軟膏塗抹在傷口上。
この軟膏(なんこう)を傷(きず)に塗(ぬ)ってくだい。
kono nankoo o kizu ni nutte kudasai

會過敏嗎？
アレルギーはありますか。
arerugii wa arimasuka

發燒時吃這包個藥。
熱(ねつ)が出(で)たら飲(の)んでください。
netsu ga detara nonde kudasai

這是漱口用藥。
これはうがい薬(ぐすり)です。
kore wa ugai-gusuri desu

是抗生素。
抗生物質(こうせいぶっしつ)です。
koosee-busshitsu desu

早中晚都要吃藥。
朝(あさ)、昼(ひる)、晩(ばん)に飲(の)んでください。
asa,hiru,ban ni nonde kudasai

請在睡前吃藥。
寝(ね)る前(まえ)に飲(の)んでください。
neru mae ni nonde kudasai

請不要泡澡。
お風呂(ふろ)に入(はい)らないでくださいね。
o-furo ni hairanaide kudasaine

我開三天份的藥。
薬(くすり)を三日分(みっかぶん)出(だ)します。
kusuri o mikka bun dashimasu

最好是戴上口罩。
マスクをつけた方(ほう)がいいです。
masuku o tsuketa hoo ga ii desu

請開診斷書給我。
診断書(しんだんしょ)をお願(ねが)いします。
shindansho o onegai shimasu

請多保重。
お大事(だいじ)に。
odaiji ni

1 我的護照丟了 MP3 2-45

＿＿＿不見了。

物品＋をなくしました。
o nakushimashita

信用卡	クレジットカード	kurezitto-kaado
包包	かばん	kaban
月票	定期券（ていきけん）	teeki-ken

筆
ペン
pen

房間鑰匙
部屋（へや）の鍵（かぎ）
heya no kagi

相機
カメラ
kamera

行李箱
スーツケース
suutsu-keesu

護照
パスポート
pasupooto

萬用筆記本
手帳（てちょう）
techoo

機票
航空券（こうくうけん）
kookuuken

把＿＿＿忘在＿＿＿了。

場所＋に＋物＋を忘（わす）れました。
ni　o wasuremashita

電車／行李	電車（でんしゃ）／荷物（にもつ）	denshua nimotsu
房間／鑰匙	部屋（へや）／鍵（かぎ）	heya kagi
計程車／電腦	タクシー／パソコン	takushii pasokon
公車／皮包	バス／バッグ	basu baggu
飯店／名產	ホテル／みやげ物（もの）	hoteru miyage-mono
餐廳／錢包	食堂（しょくどう）／財布（さいふ）	shokudoo saifu
保險箱／護照	金庫（きんこ）／パスポート	kinko pasupooto

2 我錢包被偷了

2-46

　　　　被偷了。

物品＋を盗（ぬす）まれました。
o nusumaremashita

錢包
財布（さいふ）
saifu

信用卡
クレジットカード
kurejitto-kaado

行李箱
スーツケース
suutsu-keesu

戒指
指輪（ゆびわ）
yubiwa

金融卡
キャッシュカード
kyasshu-kaado

金錢
お金（かね）
o-kane

行李
荷物（にもつ）
nimotsu

項鍊
ネックレス
nekkuresu

筆記型電腦
ノートパソコン
nooto-pasokon

手錶
腕時計（うでどけい）
ude-dokee

犯人是＿＿＿＿。

はんにん
犯人は＋人＋です。
hannin wa desu

年輕男性
わか おとこ
若い男
wakai otoko

矮個子的男性
せ ひく おとこ
背の低い男
see no hikui otoko

長髮的女性
かみ なが おんな
髪の長い女
kami no nagai onna

帶著眼鏡的女性
おんな
めがねをかけた女
megane o kaketa onna

戴眼鏡的男人
おとこ
めがねをかけた男
megane o kaketa otoko

四十歲左右的女人
よんじゅうだい おんな
四十代の女
yonjuu-dai no onna

年輕女生
わか おんな
若い女
wakai onna

瘦瘦的男人
や おとこ
痩せた男
yaseta otoko

胖的女人
ふと おんな
太った女
futotta onna

戴著帽子的女人
ぼうし おんな
帽子をかぶった女
booshi o kabutta onna

穿青色西裝的男人
あお せびろ おとこ
青い背広の男
aoi sebiro no otoko

有鬍子的男人
ひげ おとこ
髭のある男
hige no aru otoko

3 太好了！找到了！ MP3 2-47

例句

東西弄丟了。
落し物をしました。（おとしもの）
otoshimono o shimashita

是黑色包包。
黒いかばんです。（くろ）
kuroi kaban desu

裡面有錢包和信用卡。
財布とカードが入っています。（さいふ、はい）
saifu to kaado ga haitte imasu

希望能幫我打電話給發卡公司。
カード会社に電話してほしいです。（かいしゃ、でんわ）
kaado gaisha ni denwashite hoshii desu

請填寫遺失表格。
紛失届けを書いてください。（ふんしつとど、か）
funshitutodoke o kaite kudasai

怎麼辦好？
どうしたらいいでしょう。
doo shitara ii deshoo

錢全部被拿去了。
お金を全部取られました。（かね、ぜんぶ、と）
o-kane o zenbu toraremashita

護照不見了。
パスポートがありません。
pasupooto ga arimasen

大概有十萬日圓在裡面。
10万円ぐらい入っていました。（じゅうまんえん、はい）
juuman-en gurai haitte imashita

太好了，找到了。
あった。あった。
atta. atta

好用單字

中文	日文	讀音	羅馬拼音
警察	警察	けいさつ	keesatsu
身分證	身分 証明書	みぶん しょうめいしょ	mibun-shoomeesho
護照	パスポート		pasupooto
金融卡	キャッシュカード		kyasshu-kaado
聯絡	連絡	れんらく	renraku
申請（書）	届け	とど	todoke
小偷	泥棒	どろぼう	doroboo
遺失	紛失	ふんしつ	funshitsu
補發	再発行	さいはっこう	sai-hakkoo

たのしい
講得眉飛色舞
旅遊日語

PART 3

旅遊必備單字

1 數字（一）

1	1（いち）	ichi
2	2（に）	ni
3	3（さん）	san
4	4（よん／し）	yon/ shi
5	5（ご）	go
6	6（ろく）	roku
7	7（なな／しち）	nana/ shichi
8	8（はち）	hachi
9	9（く／きゅう）	ku/ kyuu
10	10（じゅう）	juu
11	11（じゅういち）	juuichi
12	12（じゅうに）	juuni
13	13（じゅうさん）	juusan
14	14（じゅうよん／じゅうし）	juuyon/ juushi
15	15（じゅうご）	juugo
16	16（じゅうろく）	juuroku
17	17（じゅうしち／じゅうなな）	juushichi/ juunana
18	18（じゅうはち）	juuhachi
19	19（じゅうく／じゅうきゅう）	juuku/ juukyuu
20	20（にじゅう）	nijuu
30	30（さんじゅう）	sanjuu
40	40（よんじゅう）	yonjuu
50	50（ごじゅう）	gojuu
60	60（ろくじゅう）	rokujuu
70	70（ななじゅう）	nanajuu

80	80（はちじゅう）	hachijuu
90	90（きゅうじゅう）	kyuujuu
100	100（ひゃく）	hyaku
101	101（ひゃくいち）	hyakuichi
102	102（ひゃくに）	hyakuni
103	103（ひゃくさん）	hyakusan
200	200（にひゃく）	nihyaku
300	300（さんびゃく）	sanbyaku
400	400（よんひゃく）	yonhyaku
500	500（ごひゃく）	gohyaku
600	600（ろっぴゃく）	roppyaku
700	700（ななひゃく）	nanahyaku
800	800（はっぴゃく）	happyaku
900	900（きゅうひゃく）	kyuuhyaku
1000	1000（せん）	sen
2000	2000（にせん）	nisen
5000	5000（ごせん）	gosen
10000	10000（いちまん）	ichiman

2 數字（二）

一個	一（ひと）つ	hitotsu
二個	二（ふた）つ	futatsu
三個	三（みっ）つ	mittsu
四個	四（よっ）つ	yottsu
五個	五（いつ）つ	itsutsu
六個	六（むっ）つ	muttsu

七個	なな 七つ	nanatsu
八個	やっ 八つ	yattsu
九個	ここの 九つ	kokonotsu
十個	とお 十	too
幾個	いくつ	ikutsu

3 月份

一月	いちがつ 一月	ichigatsu
二月	にがつ 二月	nigatsu
三月	さんがつ 三月	sangatsu
四月	しがつ 四月	shigatsu
五月	ごがつ 五月	gogatsu
六月	ろくがつ 六月	rokugatsu
七月	しちがつ　なながつ 七月／七月	shichigatsu/nanagatsu
八月	はちがつ 八月	hachigatsu
九月	くがつ 九月	kugatsu
十月	じゅうがつ 十月	juugatsu
十一月	じゅういちがつ 十一月	juuichigatsu
十二月	じゅうにがつ 十二月	juunigatsu
幾月	なんがつ 何月	nangatsu

4 星期

星期日	にちようび 日曜日	nichiyoobi
星期一	げつようび 月曜日	getsuyoobi
星期二	かようび 火曜日	kayoobi
星期三	すいようび 水曜日	suiyoobi
星期四	もくようび 木曜日	mokuyoobi
星期五	きんようび 金曜日	kinyoobi

星期六	土曜日（どようび）	doyoobi
星期幾	何曜日（なんようび）	nanyoobi

5 時間

一點	一時（いちじ）	ichiji
兩點	二時（にじ）	niji
三點	三時（さんじ）	sanji
四點	四時（よじ）	yoji
五點	五時（ごじ）	goji
六點	六時（ろくじ）	rokuji
七點	七時（しちじ）	shichiji
八點	八時（はちじ）	hachiji
九點	九時（くじ）	kuji
十點	十時（じゅうじ）	juuji
十一點	十一時（じゅういちじ）	juuichiji
十二點	十二時（じゅうにじ）	juuniji
一點十五分	一時十五分（いちじじゅうごふん）	ichijijuugofun
一點三十分	一時三十分（いちじさんじゅっぷん）	ichijisanjuppun
一點四十五分	一時四十五分（いちじよんじゅうごふん）	ichijiyonjuugofun
兩點十五分	二時十五分（にじじゅうごふん）	nijijuugofun
兩點半	二時半（にじはん）	nijihan
兩點四十五分	二時四十五分（にじよんじゅうごふん）	nijiyonjuugofun
三點半	三時半（さんじはん）	sanjihan
四點半	四時半（よじはん）	yojihan
五點半	五時半（ごじはん）	gojihan
六點十五分前	六時十五分前（ろくじじゅうごふんまえ）	rokujijuugofun-mae
七點整	七時（しちじ）ちょうど	shichiji-choodo

八點過五分	八時五分過ぎ（はちじごふんすぎ）	hachiji gofun-sugi
幾點幾分	何時何分（なんじなんぷん）	nanji napun

日本文化

1 文化及社會

花道	華道（かどう）	kadoo
藝術	芸術（げいじゅつ）	geejutsu
藝能	芸能（げいのう）	geenoo
香道	香道（こうどう）	koodoo
茶道	茶道（さどう）	sadoo
盆栽	盆栽（ぼんさい）	bonsai
盆石、盆景	盆石（ぼんせき）	bonseki
日本歌舞伎	歌舞伎（かぶき）	kabuki
能樂	能楽（のうがく）	noogaku

2 日本慶典

成人儀式	成人式（せいじんしき）	seejin-shiki
綠色紀念日	緑の日（みどりのひ）	midori no hi
盂籃節	お盆祭り（おぼんまつり）	o-bon-matsuri
七夕	七夕祭り（たなばたまつり）	tanabata-matsuri
煙火節	花火祭り（はなびまつり）	hanabi-matsuri
新年	お正月（おしょうがつ）	o-shoogatsu
敬老節	敬老の日（けいろうのひ）	keeroo no hi
憲法節	憲法の日（けんぽうのひ）	kenpoo no hi
體育節	体育の日（たいいくのひ）	taiiku no hi
祇園祭典	祇園祭り（ぎおんまつり）	gion-matsuri
扛神轎	御神輿（おみこし）	o-mikoshi
盛岡 SANSA 舞蹈	盛岡さんさ踊り（もりおかさんさおどり）	morioka sansa-odori

草津溫泉節	草津温泉祭（くさつおんせんまつり）	kusatsu onsen-matsuri
江之島煙火大會	江の島花火大会（えのしまはなびたいかい）	enoshima hanabi-taikai
萬燈節	万灯祭（まんとうまつり）	mantoo-matsuri
燈籠祭典	竿燈まつり（かんとうまつり）	kantoo-matsuri
青森驅魔祭	青森ねぶた祭（あおもりねぶたまつり）	aomori nebuta-matsuri
WASSHOI 百萬夏日節	わっしょい百万夏まつり（ひゃくまんなつ）	wasshoi hyakumanatsu-matsuri
火之國節	火の国まつり（ひのくにまつり）	hinokuni-matsuri

3 日本街道

工商業集中地區	下町（したまち）	shitamachi
日本橋	日本橋（にほんばし）	nihon-bashi
和服商店	呉服屋（ごふくや）	gofuku-ya
日式點心店	和菓子屋（わがしや）	wagashi-ya
便當店	弁当屋（べんとうや）	bentoo-ya
便利商店	コンビニ	konbini
藥房	薬屋（くすりや）	kusuri-ya
海鮮店	魚屋（さかなや）	sakana-ya
肉店	肉屋（にくや）	niku-ya
蔬果菜店	八百屋（やおや）	yao-ya
商店街	商店街（しょうてんがい）	shooten-gai
歌舞伎町	歌舞伎町（かぶきちょう）	kabuki-choo
道路	通り（とおり）	toori
一號街	一番町（いちばんちょう）	ichiban-choo
古街	古道（こどう）	kodoo
史蹟	史跡（しせき）	shiseki
散步指南	ウォーキングの案内（あんない）	uookingu no annai
街道地圖	町マップ（まちマップ）	machi-mappu

即學即用 01

■ 著者／田中陽子

■ 出版發行／山田社文化事業有限公司
臺北市大安區安和路一段112巷17號7樓
電話 02-2755-7622
傳真 02-2700-1887

■ 郵政劃撥／ 19867160號 大原文化事業有限公司

■ 總經銷／ 聯合發行股份有限公司
地址 新北市新店區寶橋路235巷6弄6號2樓
電話 02-2917-8022
傳真 02-2915-6275

■ 印刷／上鎰數位科技印刷有限公司

■ 法律顧問／林長振法律事務所 林長振律師

■ 書＋MP3／定價 新台幣330元

■ 初版／2019年6月

© ISBN : 978-986-700-034-7